삼국유사

역사를 배워서 어디에 쓸까?

물음표로
따라가는
인문고전
17

삼국유사

역사를 배워서 어디에 쓸까?

글 **최성수** | 그림 **이용규**

지학사아르볼

역사는 배워서
어디에 쓰는 걸까?

어느 한문 시간에 있었던 이야기랍니다.

"임진왜란 때 신립 장군이 강을 등에 지고 싸움을 벌였어요. 이런 전술을 배수진이라고 하는데…….."

갑자기 한 학생이 손을 번쩍 들더니 물었어요.

"임진왜란이 누구랑 누가 싸운 전쟁인가요?"

선생님이 난감한 표정으로 아이를 바라보다가 물었답니다.

"너희들 국사 안 배우니?"

몇몇 아이들이 볼멘소리로 대답을 했답니다.

"우린 이과 갈 거예요. 국사 안 해도 돼요."

"옛날 일들을 배워서 뭘 해요."

한때 국사가 선택 과목인 적이 있었지요. 자연 계열로 진학할 학생들은 한국사를 배우지 않고 대학에 입학하기도 했어요. 그러니 한국사에 대해서는 제대로 알지도 못하고, 중요하게 여기지도 않았지요.

그렇다면 과거의 일들을 기록한 역사는 왜 배우는 걸까요?

오늘의 나는 지금까지 살아온 지난날들이 모여서 이루어졌다고 할 수 있어요. 만약 우리가 과거 자신의 경험이나 살아온 자취를 전혀 모른다면 어떤 일이 일어날까요?

부모님과 함께 떠났던 여행길의 기억도, 친한 친구와 다정했던 시간을 보냈던 것도 다 모른다면, 현재의 나는 얼마나 삭막하고 메마른 존재가 될지 생각해 보세요. 아마 자신이 누구인지도 모른 채 방황하면서 오늘을 살아가는 사람이 되고 말 것입니다.

국사는 우리나라의 지난 기억들을 배우는 공부예요. 오늘의 우리나라는 과거 우리 조상들이 살아온 삶의 흔적과 경험, 지혜들이 모여서 완성된 것이라고 할 수 있어요.

우리가 국사를 배우는 것은, 조상들의 삶의 경험과 지혜를 배우는 일이에요. 과거를 제대로 이해하고 오늘의 우리를 바로 세운다면, 미래의 자신이 어떻게 살아야 할 것인가를 알게 되겠지요?

그러니 국사를 배우는 것은 미래의 우리나라를 바로 세우는 일인

셈이에요. 여러분 같은 청소년들에게는 국사가 다른 무엇보다도 중요한 배움인 것이지요.

《삼국유사》는 고려 시대 일연 스님이 쓴 우리나라 고대 역사에 대한 책이에요. 《삼국사기》와 함께 우리나라의 고대 역사를 이해하는 가장 중요한 자료라고 할 수 있지요.

특히 《삼국유사》는 개인이 역사에 관심을 가지고 쓴 것이라, 당시 주류의 세력들이 중요하게 여기지 않은 민간의 이야기들도 많이 담겨 있어요. 그리고 일연의 신분이 스님이었기 때문에 불교나 절에 대한 이야기가 많아요. 《삼국유사》는 우리나라 고대 사회의 생활사, 민중사, 불교사를 알아보는 데 아주 중요한 자료랍니다.

여기서는 《삼국유사》 중에서 이야기를 중심으로 가려 뽑아 실었어요. 가능하면 원문에 충실하되, 글에 따라 더하거나 빼서 여러분이 읽기 쉽게 풀어 썼답니다. 그리고 임의대로 다섯 가지 키워드를 정해 각 이야기를 나눠 묶었어요. 즉, '나라를 세운 이야기, 왕과 왕비 이야기, 나라를 위해 일한 충신 이야기, 동물, 용, 귀신이 나오는 신비한 이야기, 부처와 하늘의 도움을 받은 이야기'랍니다.

《삼국유사》에는 우리나라 건국 신화를 비롯해서 다양한 설화들, 당시 부르던 노래인 향가가 담겨 있어서 우리의 역사뿐만 아니라 민속, 문화, 문학의 자취를 찾아볼 수 있어요.

이 책을 통해 여러분이 역사에 대해 더 많은 관심을 가지고, 우리 조상들의 삶의 흔적들을 이해함으로써 올곧은 미래의 주인공으로 자라는 데 조금이나마 보탬이 되었으면 좋겠어요. 우리의 미래는 여러분이니까요.

● **최성수**

이 책의 활용

Part 1 │ 고전 이야기 속으로

고전을 아름다운 그림과 함께 담아냈습니다. 원전에 충실하면서도 어려운 단어를 최대한 줄이고 쉽게 풀이하여, 재미난 이야기를 마주하듯 술술 읽을 수 있도록 했습니다.

Part 2 | 물음표로 따라가는 인문학 교실

고전은 오늘의 우리를 비추는 거울이며, '인문학'을 담고 있는 그릇입니다. 이 책은 고전의 재미를 더하고, 우리 고전을 인문학적인 관점에서 바라볼 수 있도록 구성되었습니다.

● 고전으로 인문학 하기

고전을 읽고 나면 머릿속에는 여러 질문들이 떠올라요. 물음표에 대한 답을 따라가 보세요. 배경지식이 쑥쑥 늘어날 거예요.

● 고전으로 토론하기

고전의 내용에 기반한 가상 대화가 이어집니다. '고전으로 토론하기'를 통해 다르게 생각하는 힘을 길러 보세요.

● 고전과 함께 읽기

함께 읽으면 더욱 좋은 문학, 영화, 드라마 등을 소개합니다. 비슷한 주제가 다른 작품에서는 어떻게 표현되었는지 살펴보고 생각의 폭을 넓히세요.

차
례

Part 1 | 고전 이야기 속으로

삼국유사

고전 이야기 속으로

우리 고전의
재미와 **감동**을
오롯이 느껴 봅시다.

나라를 세운
이야기

환인의 아들 단군왕검, 고조선을 세우다

《고기》*라는 옛 책에 이런 이야기가 있다.

옛날에 환인(桓因)이라는 하늘 신의 아들 중에 환웅(桓雄)이 있었다. 그는 인간 세상을 다스려 보고 싶다는 꿈을 자주 꾸었다. 환인은 아들의 그런 뜻을 알고 인간 세상을 살펴보았다.

환인이 보기에 삼위태백이라는 곳이 인간 세계를 널리 이롭게할 만한 가장 좋은 땅이었다. 환인은 환웅에게 하늘의 도장 세 개를 주면서 인간 세상으로 가서 그곳을 다스리도록 했다.

환웅은 부하 삼천 명을 거느리고 태백산 정상의 신단수(神壇樹) 밑으로 내려왔다. 이곳을 신의 땅이라는 뜻으로 신시(神市)라고 불렀으며, 이때부터 환웅을 환웅 천왕이라고 했다.

---

* 《고기(古記)》 《단군고기》. 단군 신화나 고조선의 개국 사실을 기록한 가장 오래된 책으로, 현재는 전하지 않는다.

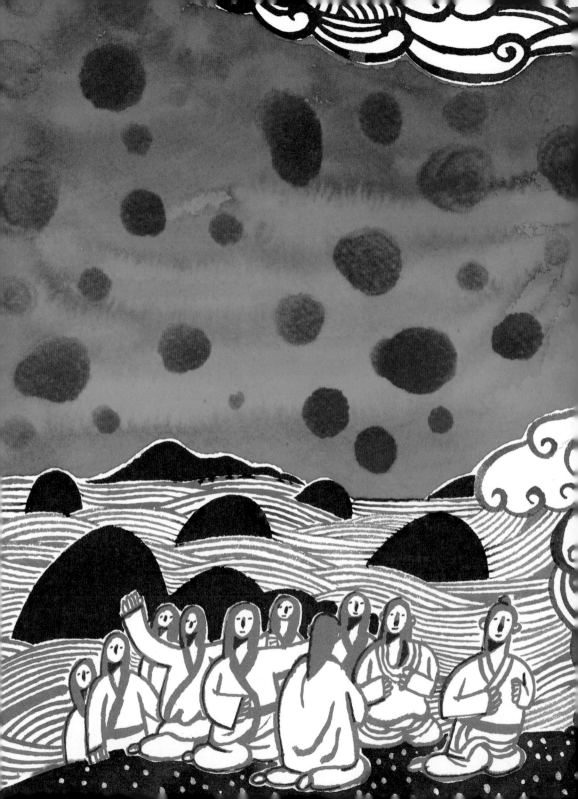

환웅 천왕은 바람의 신 풍백, 비의 신 우사, 구름의 신 운사를 거느리고 농업과 목숨, 질병, 형벌, 선악 등을 맡아 다스렸고, 인간 세상의 삼백육십 종류가 넘는 일들을 통솔하여 세상 사람들을 잘 보살폈다.

이 무렵 삼위태백에는 곰과 호랑이가 같은 굴에 살고 있었다. 이 둘은 늘 환웅에게 사람이 되게 해 달라고 빌었다. 환웅은 그들에게 쑥 한 묶음과 마늘 스무 개를 주며 말했다.

"이것을 먹고 석 달 열흘 동안 햇빛을 보지 않고 참는다면 너희들은 사람이 될 수 있다."

곰과 호랑이는 마늘과 쑥을 받아서 먹었다. 곰은 햇빛을 피한 지 21일 만에 여자가 되었다. 그러나 호랑이는 참지 못하여 사람이 될 수 없었다.

여자가 된 곰은 결혼할 남자를 찾을 수 없었다. 그 여자는 날마다 신단수 아래에 가서 아이를 갖게 해 달라고 기도를 드렸다. 그 모습을 본 환웅이 몰래 인간의 모습으로 변하여 결혼을 해 주었다. 곰이었던 여자는 마침내 아이를 갖게 되어 아들을 낳았다. 그 아이의 이름이 단군왕검이었다.

단군은 왕이 된 지 50년 만에 평양성에 도읍을 정하고 나라 이름을 조선이라고 했다. 그 뒤 도읍을 아사달로 옮겨 1,500년 동안 왕 노릇을 하며 나라를 다스렸다. 왕에서 물러난 뒤에는 아사달에

숨어 살다가 신선이 되었는데, 그때 그의 나이가 1,908세였다고
한다.

주몽, 알에서 태어나 고구려를 세우다

고구려는 졸본 부여라고도 하는데, 졸본은 지금의 요동*에 있
다. 고구려의 시조는 동명성제(東明聖帝)다. 성은 고씨이고 이름은
주몽이다.

고구려가 건국되기 이전에 북부여의 왕인 해부루는 나라를 동
부여로 옮겼다가 죽고, 아들인 금와가 왕위를 이었다.

어느 날 금와가 백두산 남쪽 우발수란 못에 갔다가 한 여자를
만났다.

"그대는 누구인가?"

금와의 말에 여자가 대답했다.

"저는 물의 신 하백(河伯)의 딸 유화(柳花)라고 합니다. 제가 하루
는 동생들과 함께 인간 세상으로 놀러 나왔다가 한 남자를 만났습
니다. 그 남자는 자기가 천제의 아들인 해모수라고 했습니다. 그

---

* **요동** 중국 랴오허강의 동쪽 지방을 가리키는 말.

는 저를 압록강 가의 한 집으로 데려가 사랑을 나누었습니다. 그런데 그 남자는 떠나간 뒤 다시는 돌아오지 않았습니다. 그 일을 알게 된 부모님께서는 중매도 없이 혼인을 했다며 저를 야단치고 이곳으로 유배를 보냈습니다."

기이한 일이라고 생각한 금와는 유화를 데려다 방 안에 가두어 두었다. 그런데 햇빛이 창문 틈으로 들어와 유화의 몸을 비췄다. 유화가 몸을 피하면 햇빛은 계속 따라와 몸에 닿았다. 그 후 태기*가 있더니 달이 차서 유화는 커다란 알을 하나 낳았다.

불길한 일이라고 생각한 금와는 알을 개와 돼지에게 던져 주었다. 그러나 개와 돼지 모두 알을 먹지 않았다. 길에 내다 버렸더니 소와 말이 알을 피해 다녔다. 들판에 내던져 버리자 새와 짐승들이 알을 감싸 주었다. 금와가 알을 쪼개 버리려고 했으나, 아무리 내려쳐도 알은 깨지지 않았다. 금와는 결국 알을 유화에게 돌려주고 말았다.

알을 돌려받은 유화는 이불로 잘 감싸 따뜻한 곳에 놓아두었다. 얼마 후 알이 부화되어 한 아이가 껍데기를 깨고 나왔다. 아이는 생김새가 남달랐고, 뼈대가 단단했다. 아이는 무럭무럭 자라 일곱 살이 되었는데 보통 사람들과 달랐다.

* **태기** 아이를 밴 기미.

아이는 자기가 직접 활과 화살을 만들어 쏘았는데, 백발백중이었다. 그 나라에서는 활을 잘 쏘는 사람을 주몽이라고 불렀기에 아이의 이름도 주몽이 되었다.

금와에게는 일곱 명의 아들이 있었다. 그들은 늘 주몽과 함께 놀았다. 그런데 그들은 주몽의 재주와 능력을 따라갈 수가 없었다.

어느 날 맏아들인 대소가 아버지 금와에게 말했다.

"주몽은 사람의 자식이 아닙니다. 일찌감치 죽여 없애지 않으면 나중에 근심거리가 될 게 분명합니다."

그러나 금와는 아들의 말을 듣지 않고 주몽을 마구간지기로 일하게 했다.

주몽은 좋은 말을 가려내는 능력을 지니고 있었다. 그래서 좋은 말은 일부러 먹이를 적게 먹여 삐쩍 마르게 만들고, 나쁜 말은 잘 먹여 살이 오르게 했다. 금와는 살찐 말은 자기가 타고, 마른 말은 주몽에게 상으로 주었다.

주몽의 능력을 알고 있는 금와의 아들들과 신하들은 모의를 해서 주몽을 살해할 계획을 세웠다. 이런 사실을 눈치챈 유화는 아들을 불렀다.

"사람들이 너를 죽이려고 하는 게 분명하다. 네 재주와 능력으로 어디를 간들 살아남지 못하겠느냐? 얼른 계책을 세우거라."

어머니의 말에 주몽은 오이 등 세 명의 친구와 함께 동부여를 탈출했다.

일행이 엄수에 이르니, 거센 강물이 앞을 가로막고 흘렀다. 주몽이 엄한 목소리로 강물을 보며 소리쳤다.

"나는 천제와 하백의 자손이다. 오늘 탈출하여 이곳에 이르렀는데, 추격자들이 뒤를 쫓아오고 있다. 어떻게 해야 좋겠는가?"

주몽의 말이 끝나자마자 물고기들과 자라들이 나타나 다리를 만들어 주어, 일행은 무사히 강을 건널 수가 있었다. 다 건너가자 물고기와 자라들이 흩어져 쫓아오던 무리들은 강을 건널 수가 없었다.

주몽 일행은 졸본주에 이르러 도읍을 정하고 국호를 고구려라고 했다. 주몽은 나라 이름에서 성을 받아 고씨로 하였다. 이때 그의 나이 열두 살이었다.

혁거세, 알에서 나와 신라의 왕이 되다

진한* 땅에는 원래 여섯 부족이 살고 있었다.

---

* 한반도 중부 이남 지역에 있었던 삼한 중 하나로, 지금의 경상북도 지역에 있었음.

어느 해 3월 초하루에 여섯 부족의 지도자들이 자식들을 데리고 알천의 언덕 위에 모여 회의를 열었다.

"우리 부족에는 위로 백성을 잘 다스릴 임금이 없어서 백성들이 게으르고 건방져 마음대로 살아가고 있소이다. 그러니 덕이 높은 분을 찾아 임금으로 모시고 도읍을 정해 나라를 세우는 것이 어떻겠소?"

그렇게 의견을 모으고 여섯 부족 사람들은 높은 곳에 올라가 남쪽을 바라보았다.

남쪽 저 멀리 양산 아래 나정이라는 우물에 이상한 기운이 번개처럼 땅으로 내려오고 있었다. 그 옆에는 흰말 한 마리가 꿇어앉아 절을 하는 것 같았다.

모두들 나정으로 가 보니, 자줏빛 알 한 개가 놓여 있었다. 사람들을 본 말은 길게 울고 하늘로 올라가 버렸다.

알을 깨니 사내아이가 한 명 나왔다. 아이는 단정하고 잘생긴 모습을 하고 있었다. 모두들 깜짝 놀라 이상한 일이라고 생각하며, 아이를 데려다 동천의 샘물에다 목욕을 시켰다. 그러자 아이의 몸에서 빛이 나기 시작했고, 새와 짐승들이 따라오며 춤을 추었다. 하늘과 땅이 진동하고 해와 달이 더욱 맑아졌다.

그런 일이 일어나자 '빛난다'는 뜻을 담아 아이를 혁거세왕이라고 불렀다.

장차 왕이 될 아이가 생기자 사람들은 입을 모아 의견을 냈다.

"천자가 하늘에서 내려왔으니 이제 덕이 있는 왕후를 찾아 짝을 삼아야 하는 게 마땅하다."

이날, 사량리라는 마을의 우물인 알영정에 갑자기 닭 모양을 닮은 용인 계룡이 나타났다. 계룡은 왼쪽 갈비뼈에서 여자아이를 낳았는데, 아이의 모습이 매우 아름답고 얼굴도 고왔지만 입술이 닭의 부리처럼 생겨 보기 싫었다. 사람들이 여자아이를 데려다 월성의 북쪽 냇가인 북천에서 씻어 주었더니 부리가 떨어졌다. 그 후부터 북천을 부리가 '떨어졌다'는 뜻으로 발천이라고 불렀다.

여섯 부족 사람들은 남산 서쪽에 집을 짓고 하늘이 주신 두 아이를 잘 모셔다 키웠다. 사내아이가 나온 알이 큰 박을 닮았다고 해서 성을 박(朴)이라고 지었다. 여자아이는 태어난 곳의 우물 이름을 따 알영이라고 했다.

두 아이가 열세 살이 되자 사내아이는 왕이 되었고 여자아이는 왕후가 되었다. 나라 이름은 서라벌이라고 했다가 후에 신라로 바꾸었다.

즉위한 지 61년 만에 왕은 하늘로 올라갔다가 7일 후에 뼈가 땅으로 떨어지며 흩어졌다. 곧 왕후도 죽었다. 사람들이 뼈를 모아 왕후와 함께 묻으려 했다. 그런데 난데없이 커다란 뱀이 한 마리 나타나 막아섰다. 할 수 없이 다섯 군데에 나누어 묻었다. 그래서

그 무덤을 오릉(五陵)이라 하고, 뱀[蛇]의 방해 때문이라 해서 사릉
(蛇陵)이라고도 불렀다.

하늘이 보낸 알에서 태어나 가야를 세우다

　　가야 지역은 아홉 부족의 우두머리들이 연합해서 백성을 다스
렸다. 그들을 구간(九干)이라 불렀다. 그 무렵에는 백성들이 산이나
들에 모여 우물을 파고 밭을 갈아 농사를 지으며 살았다.

　　42년 3월 계욕일*에 갑자기 북쪽 구지봉에서 이상한 소리가 들
렸다. 소리를 듣고 구간과 백성 이삼백 명이 구지봉으로 몰려갔다.
사람 소리 같았는데, 사람은 보이지 않았다.

　　"거기 누가 있느냐?"

　　소리를 듣고 구간들이 대답했다.

　　"예, 우리 구간들이 여기 모여 있습니다."

　　그러자 또 소리가 물어 왔다.

　　"내가 있는 곳이 어디인가?"

　　"이곳은 구지봉입니다."

* **계욕일** 사나운 운수를 덜기 위해 물가에서 몸을 씻고 모여서 술을 마시는 날.

그러자 다시 소리가 우렁차게 울렸다.

"하늘이 나에게 이곳에 와서 나라를 세우고 임금 노릇을 하라고 명령하시기에 이렇게 내려왔다. 너희들은 지금부터 산꼭대기를 파면서 입을 맞춰 노래를 부르며 춤을 추거라. 그러면 하늘에서 보낸 임금이 모습을 드러낼 것이다."

구간들은 소리가 시키는 대로 사람들과 함께 춤을 추며 일러 준 노래를 불렀다.

거북아 거북아

머리를 내놓아라

만약 내놓지 않으면

구워서 먹으리라

얼마 후 하늘에서 자주색 줄이 내려와 땅에 닿았다. 줄 끝에는 붉은 보자기로 싸인 금으로 된 커다란 상자가 묶여 있었다.

상자를 열어 보니 해처럼 둥근 알이 여섯 개 가지런히 놓여 있었다. 신령스러운 일이라고 생각한 사람들은 엎드려 수도 없이 절을 올렸다. 절을 마치고 구간 중 한 사람의 집으로 상자를 가져다가 평상 위에 고이 모셔 두었다.

12일이 지난 다음 날 아침에 사람들이 모여 그 상자를 열어 보니 알 여섯 개가 모두 어린아이로 변해 있었다. 아이들은 덩치가 크고 잘생긴 얼굴이었다. 상자를 열자마자 아이들은 평상에 늠름하게 앉아 사람들을 바라보았다. 사람들은 모두 엎드려 절을 하고 아이들을 극진히 받들었다.

아이들은 나날이 부쩍 자라 십여 일이 지나자 키가 구 척(약 270센티미터)이나 되었고, 얼굴은 용처럼 생겼으며 눈썹은 여덟 색으로 빛났다.

그달 보름에 왕위에 올랐는데, 맨 처음 나타난 아이는 세상에 처음 나왔다고 해서 수로(首露)라고 불렀다. 그가 세운 나라 이름은 대가락 또는 가야국이라 했다. 곧 여섯 가야의 하나였다. 나머지 다섯 명도 각각 다섯 가야의 왕이 되었다.

지렁이의 아들 견훤, 후백제를 세우다

견훤의 아버지는 농부였다. 신라 정치가 문란해지자 사불성*에서 군사를 모아 스스로 장군이 되었다. 그에게는 아들이 넷 있었는데, 모두 뛰어났지만 그중에서도 견훤이 가장 뛰어났다.

* **사불성** 지금의 경상북도 상주 지역.

《고기》에는 견훤에 대해 이렇게 기록하고 있다.

옛날에 광주 북촌 마을에 부자가 하나 살고 있었다. 그에게는 딸이 하나 있었다. 아름답고 단정한 아가씨였다.

하루는 딸이 아버지에게 이상한 꿈을 꾸었다는 말을 했다.

"자주색 옷을 입은 남자가 꿈에 나타나 저와 사랑을 나누곤 해요. 꿈인지 현실인지 모르겠어요."

그 말을 들은 아버지가 딸에게 당부를 했다.

"다음에는 바늘에 긴 실을 꿰어 그 남자의 옷에 꽂아 두거라."

그날 밤 꿈에 또 자주색 옷을 입은 남자가 나타났다. 딸은 아버지의 말대로 남자의 옷에 바늘을 꽂아 두었다. 아침이 되어 실을 따라가 보니 북쪽 담 밖의 커다란 지렁이 허리에 바늘이 꽂혀 있었다.

그 후 딸은 점점 배가 불러 오더니 아들을 낳았다. 듬직하고 잘생긴 아이였다. 나이 열다섯 살이 되자 아이는 스스로 견훤이라고 이름을 지었다.

다른 이야기에는 견훤이 젖먹이 때 아버지가 아이를 들판에 두고 밭을 갈고 있었는데, 호랑이가 와서 젖을 먹여 길렀다고 한다. 견훤은 크면서 몸의 털이 길고 많았으며, 마음속에 품은 뜻도 크고 특출했다.

견훤은 892년에 스스로 왕이라 일컬었고, 완산군*에 도읍을 정해 나라를 세웠다. 그 나라가 후백제였다.

위세를 떨치던 후백제는 견훤 아들들의 반역으로 쇠퇴하기 시작하였다. 견훤은 왕위에 오른 지 43년 만인 935년에 고려 태조에게 항복했다.

견훤에 이어 아들이 왕위에 올랐으나 고려 군사에게 패하여 936년 후백제는 멸망하고 말았다.

* **완산군** 현재의 전라북도 전주시와 완주군에 해당하는 지역.

왕과 왕비
이야기

탈해, 궤짝에서 나와 왕위에 오르다

혁거세의 아들이자 신라 제2대 왕인 남해왕 때의 일이다.

가락국의 바닷가에 배 한 척이 도착했다. 당시 가락국 왕이었던 수로왕이 신하들, 백성들과 함께 나가 북을 치며 떠들썩하게 배를 맞이했다. 그들이 배를 맞아들이려고 그렇게 환영을 했지만, 배는 재빨리 달아나 계림*의 하서지촌으로 가 버렸다.

배가 도착한 바닷가에는 마침 한 할머니가 있었다. 그 할머니는 혁거세왕에게 고기를 잡아다 주던 사람이었다. 할머니는 배를 바라보며 중얼거렸다.

"이 바다에는 바위가 없었는데, 오늘은 웬일로 까치들이 저렇게 모여들어 울고 있을까?"

할머니는 배를 끌어당겨 무엇이 있나 살펴보았다. 까치들은 떼를 지어 배 위로 모여들었다. 배 안에는 길이가 스무 자에 폭이 열

---

* **계림** '신라'의 다른 이름.

세 자쯤 되는 궤짝이 하나 놓여 있었다.

할머니는 있는 힘을 다해 배를 끌어다 숲속에 놓아두고 하늘을 바라보며 소리쳤다.

"이것은 좋은 일입니까, 아니면 나쁜 일입니까? 알려 주시옵소서."

한참 기도를 드린 뒤 할머니는 궤짝을 열었다. 궤 안에는 단정하게 생긴 사내아이와 일곱 가지 보물, 노비들이 들어 있었다. 할머니는 그들을 데려다 7일간 극진히 대접을 했다.

7일이 지나자 사내아이가 할머니에게 비로소 자신의 정체를 밝혔다.

"나는 원래 용성국 사람이라오. 우리나라에는 28명의 용왕이 있었는데, 모두 사람의 몸에서 태어났지요. 대개 대여섯 살에 왕위에 올라 백성들을 올바르게 다스렸다오.

내 아버지인 함달파왕께서는 적녀국의 왕녀를 왕비로 삼았는데, 오래도록 아들이 없었지요. 그래서 아들을 얻게 해 달라고 극진히 기도를 드린 지 7년 만에 어머니가 알을 한 개 낳았답니다. 대왕께서는 사람이 알을 낳은 일은 예전에도 지금도 없으니 불길한 일이라고 생각하셨어요. 그래서 보물과 종들을 나와 함께 궤짝에 넣어 배에 실어 띄웠지요. 인연이 있다면 어디든 가서 나라를 세우고 일가를 이루라고 빌며 바다로 내보냈답니다. 그때 붉은 용이 나타나 배를 호위해서 내가 여기에 오게 되었지요."

자신의 정체를 밝힌 아이는 그길로 지팡이를 끌고 두 명의 종과 함께 토함산에 올라가 돌무덤을 만들었다.

아이는 돌무덤에 7일 동안 머물며 성안을 내려다보며 어디가 살 만한 곳인지 살펴보았다. 그중 초승달 모양으로 생긴 산봉우리 주변이 오래 살기에 좋은 곳이라는 판단을 내렸다. 산을 내려와 살펴본 곳으로 가 보니, 그곳은 호공이라는 사람의 집이었다.

아이는 몰래 호공의 집에 숫돌과 숯을 묻어 두었다. 이튿날 아침 일찍, 아이는 호공의 집 문 앞에 이르러 소리쳤다.

"이 집은 우리 조상들이 살던 곳이니 당장 내놓으시오."

호공은 그럴 리가 없다며 아이를 나무랐다. 둘의 다툼이 끝이 나지 않자 결국 관가에 가서 해결을 해 달라고 할 수밖에 없었다.

관의 수령이 아이에게 물었다.

"그 집이 너의 조상 것이라는 증거를 대 보거라."

아이가 자신 있게 나서며 말했다.

"우리 집안은 원래 대장장이였습니다. 잠시 이웃 마을에 가 있는 동안 우리 집을 다른 사람이 빼앗아 살고 있는 것이니, 땅을 파 보면 알 수 있을 겁니다."

땅을 파 보니 과연 숫돌과 숯이 나왔다. 그러자 관가에서도 그 집을 아이에게 돌려주라고 명령할 수밖에 없었다.

그 이야기를 들은 남해왕은 아이가 지혜로운 사람이라고 여겨 맏딸을 아이에게 시집보냈다. 아이의 아내가 된 공주는 아니 부인이었고, 아이의 이름은 탈해였다.

어느 날이었다. 탈해가 산에 올라갔다 돌아오는 길이었다. 목이 말라 하인에게 물을 구해 오라고 시켰다. 하인은 우물에 가서 물을 구해 오다가 목이 말라 자신이 먼저 마셔 버렸다.

그러자 갑자기 물그릇이 입술에 달라붙어 떨어지지 않았다. 어쩔 수 없이 하인은 그대로 탈해 앞에 나아갔다. 탈해가 이를 보고 하인을 호되게 꾸짖었다. 하인은 머리를 조아리며 탈해에게 용서를 빌었다.

"다음부터는 멀든 가깝든 절대로 먼저 물을 마시지 않겠습니다."

비로소 물그릇이 입술에서 떨어졌다. 이후로는 하인이 탈해를 두려워하여 감히 속일 생각조차 하지 않았다.

지금도 동악*에 있는 요내정이 그 우물이다.

남해왕의 뒤를 이어 신라 제3대 왕이었던 노례왕(유리왕)이 세상

* **동악** 경주의 토함산을 달리 이르는 말.

을 뜨자 탈해가 왕위를 이어받게 되었다.

탈해왕은 옛날에 남의 집을 빼앗았던 일이 있어서 성을 '옛 석 (昔)'이라고 했다. 어떤 사람은 까치가 몰려들어 궤짝을 열었다고 해서 까치 작(鵲)이라는 글자에서 새 조(鳥) 자를 뗀 석(昔)으로 성을 삼았다고도 한다. 또 궤짝을 벗어[脫] 버리고 풀려났다[解]고 해서 탈해(脫解)라는 이름을 썼다고도 한다.

재위 23년 만에 세상을 떴는데, 장례를 지내고 나자 "내 뼈를 조심해서 묻어라." 하는 소리가 하늘에서 들려왔다고 한다. 이상 하게 여겨 무덤을 파 보니, 머리뼈가 석 자 두 치(약 96센티미터)이 고 몸길이는 아홉 자 일곱 치(약 3미터)였다. 치아는 뭉쳐져 하나처 럼 되었고, 뼈마디는 서로 연결되어 있어 세상에서 가장 강한 힘을 지닌 사람의 뼈대였다. 뼈를 모두 부수어 찰흙을 섞고 인물 모형을 만들어서 대궐 안에 두었더니 하늘에서 또 소리가 들렸다.

"내 뼈를 동악에 안치*하거라."

그 말대로 탈해왕을 동악에 모시고 해마다 제사를 지냈다. 그래 서 탈해왕을 동악신이라고 부르기도 한다.

* **안치** 안전하게 잘 둠.

김수로왕, 아유타국 공주와 결혼하다

구간들이 어느 날 수로왕을 알현*하고 아뢰었다.

"대왕께서 하늘에서 내려오신 이후로 아직 좋은 짝을 얻지 못하여 홀로 지내고 계십니다. 저희 구간의 딸들 중에서 뛰어난 처녀를 뽑아 왕비로 삼으시는 것이 좋겠습니다."

그러나 왕은 신하들의 건의를 물리치며 말했다.

"내가 이 땅에 내려온 것은 하늘의 뜻이다. 왕후를 정해 짝을 짓는 일도 하늘에서 명령을 내려 줄 것이니, 그대들은 너무 걱정하지 말거라."

어느 날, 왕은 구간 중 하나인 유천간에게 작은 배와 날쌘 말을 주며 망산도*로 가서 기다리라고 명령했다. 또 다른 구간인 신귀간에게는 승점이라는 곳에 가서 기다리라고 명령했다.

두 구간이 지정한 곳에 가서 기다리고 있는데 갑자기 바다 서남쪽에서 한 척의 배가 붉은 돛과 깃발을 휘날리며 북쪽을 향해 올라왔다.

유천간이 그것을 보고 망산도 꼭대기에서 횃불을 피워 올렸다.

---

* **알현** 지체가 높고 귀한 사람을 찾아가 뵘.
* **망산도** 창원시 진해구 용원동 앞바다에 있는 섬.

그러자 배 안에 있던 사람들이 배를 육지에 대더니 내려서 뛰어오기 시작했다.

신귀간은 그 모습을 보고 대궐로 달려가 왕에게 알렸다. 이 말을 들은 왕은 매우 기뻐했다. 그리고 나머지 구간들을 보내 그들을 맞이했다. 구간들은 배의 일행들을 모시고 바로 궁궐로 안내하려고 했다.

그러자 배 안에 타고 있던 여자가 말했다.

"우리는 너희들을 난생처음 보는데, 어떻게 함부로 따라갈 수 있겠느냐?"

유천간이 대궐로 달려가 그 말을 왕에게 전했다. 왕은 그렇게 생각할 만하다고 여겨 신하들을 데리고 마중을 나갔다. 대궐 서남쪽 산 주변에 가서 왕은 천막을 치고 배에 탄 사람들이 오기를 기다렸다.

뱃사람 일행들은 나루터에 배를 대고 높은 언덕에 올라가 잠시 쉬었다. 그때 여자는 자기가 입고 있던 비단 바지를 벗어 결혼 예물로 산신에게 바쳤다.

여자와 함께 온 일행 중에는 신하 두 명과 그들의 부인을 비롯해 노비들도 있었다. 모두 20여 명이었고, 비단과 금·은 등 보물도 헤아릴 수 없을 정도로 많았다.

여자의 일행이 왕이 있는 천막 앞으로 다가가자 왕이 나와서 안

으로 맞아들였다. 그들은 왕에게 인사를 올린 뒤 모두 물러갔다. 왕은 일행들에게 귀한 음료와 술을 내렸다. 또 화려한 무늬가 있는 이불과 비단옷과 보석을 나누어 주었다. 군사들에게는 일행의 잠자리에 불편이 없도록 주변을 잘 지키게 했다.

왕은 여자와 함께 마주 앉았다. 그제야 여자는 왕에게 자신의 신분을 밝혔다.

"저는 아유타국의 공주입니다. 제 이름은 허황옥이고 나이는 열여섯입니다. 올 5월에 아버지 어머니께서 꿈속에서 옥황상제를 만나셨답니다. 옥황상제께서 '가락국 왕 김수로를 인간 세계로 내려보내 왕이 되도록 했는데 아직 왕후가 없으니 공주를 보내 짝이 되게 하라.'라고 하셨답니다. 꿈에서 깬 뒤에도 너무 생생해서 저를 불러 가락국으로 떠나라고 하셨습니다. 그래서 이렇게 이곳까지 와 대왕을 뵙게 되었습니다."

그 말을 들은 왕이 웃으며 답했다.

"나는 하늘이 보낸 왕이고 신성한 존재라 이미 그대가 이곳에 올 것을 짐작하고 있었다오. 그래서 신하들이 왕비를 정하라고 할 때도 거절하고 그대를 기다렸다오. 이제 그대가 이렇게 왔으니, 나로서는 이보다 다행한 일이 없소."

마침내 왕은 아유타국 공주와 혼인을 하여 함께 이틀 밤과 하루 낮을 보냈다. 왕은 왕비를 데려온 뱃사람들에게는 각각 쌀 열 섬과

베 서른 필을 주어 돌려보냈다.

8월 1일에 궁궐로 돌아온 왕은 왕비를 모시고 온 아유타국 신하와 노비들에게도 집과 물품들을 풍부하게 내렸다. 또한 그들이 가져온 진귀한 보물들은 모두 대궐 창고에 보관했다가 왕비가 사용하게 했다.

왕비는 김수로왕과의 사이에 태자를 낳고 살다가 세상을 떠났는데, 그때 나이가 157세였다.

연오랑과 세오녀, 일본의 왕과 왕비가 되다

신라 제8대 아달라왕이 즉위한 지 4년이 되던 해의 일이다.

동해 바닷가에 연오랑(延烏郎)과 세오녀(細烏女)라는 부부가 살고 있었다. 하루는 남편 연오랑이 바닷가 바위에서 해초를 따고 있었는데, 바위가 갑자기 움직이더니 그대로 일본으로 떠내려갔다.

일본 사람들이 갑자기 바위를 타고 나타난 연오랑을 보고 놀라 소리쳤다.

"저분은 보통 사람이 아니다."

일본 사람들은 연오랑을 왕으로 받들어 모셨다.

세오녀는 돌아오지 않는 남편을 찾아 바닷가를 헤매다가 바위

위에 벗어 놓은 남편의 신발을 보았다. 세오녀가 그 바위 위로 올라서자 이번에도 바위는 둥실 떠서 흘러 일본으로 건너갔다.

일본 사람들이 그것을 보고 놀라 왕에게 아뢰었다. 왕은 세오녀를 다시 만나게 되어 뛸 듯이 기뻐하였다. 세오녀는 그 나라의 왕비가 되었다.

그때 신라에서는 갑자기 해와 달이 사라져 버렸다. 하늘을 살펴 점을 치는 일관(日官)이 살펴보더니 말했다.

"우리나라에 있던 해와 달의 정기가 지금 일본으로 가 버려 이런 괴이한 일이 벌어졌습니다."

왕이 일본으로 사신을 보내 연오랑과 세오녀에게 신라로 돌아와 달라고 부탁을 했다.

"내가 이 나라에 온 것은 하늘의 뜻입니다. 어찌 그 뜻을 어기고 돌아갈 수 있겠습니까? 그 대신 내 아내 세오녀가 짠 고운 비단을 드릴 테니 이것으로 하늘에 제사를 지내십시오. 그러면 해결될 것입니다."

연오랑은 정중히 거절하며 비단을 건네주었다.

사신이 돌아와 왕에게 자초지종을 아뢰었다. 연오랑의 말대로 하늘에 제사를 지내자 해와 달이 다시 신라에 떠오르기 시작했다. 왕은 연오랑이 준 비단을 국보로 삼아 나라 창고에 보관하였으며, 그 창고 이름을 왕비의 창고라고 해서 귀비고(貴妃庫)라 불렀다. 또 하늘에 제사를 지낸 곳은, 해를 맞아들이게 된 곳이라고 해서 영일 현(迎日縣)*이라는 이름이 붙었다.

무왕, 노래를 만들어 공주를 아내로 얻다

백제 제30대 무왕(武王)은 어려서 아버지 없이 어머니 손에서 자 랐다. 어머니는 수도 남쪽 연못 옆에다 집을 짓고 살았다.

무왕은 어머니가 그 연못 속의 용과 사랑하여 낳은 아들이었다. 어릴 때는 이름이 서동(薯童)이었는데, 재주가 뛰어나고 마음 씀씀 이도 넓었다. 마를 캐다 팔아 생활했기 때문에 '마[薯]를 캐는 아이 [童]'를 뜻하는 서동을 이름으로 삼았다.

서동은 신라 제26대 진평왕의 셋째 딸 선화 공주가 세상에서 제일 아름답다는 소문을 듣고 마를 한 짐 캐어 지고 신라의 서울* 로 갔다.

서동은 아이들을 불러 모아 마를 나누어 주었다. 마를 공짜로 얻어먹은 아이들은 서동과 친해져 늘 졸졸 따라다녔다. 서동은 노

* **영일현** 경상북도 포항 지역에 있었던 옛 지명.
* 신라의 서울(수도)은 경주였다.

래를 한 곡 만들어 따라다니는 아이들에게 부르라고 했다. 아이들은 그 노래를 부르며 신라의 거리를 돌아다녔다.

선화 공주님은
남몰래 사랑을 한다네
밤이면 서동을
몰래 안고 간다네

그 노래가 곳곳에 퍼져 마침내 대궐 안에까지 들어갔다. 신하들은 왕에게 공주의 소문을 전하면서 멀리 귀양 보내야 한다고 주장했다. 결국 왕은 공주를 귀양 보내기로 결정했다.

공주가 귀양을 떠날 때 왕후는 순금 한 말을 주었다. 공주가 유배지에 거의 다다랐을 때 갑자기 한 사내가 나타나 절을 했다. 서동이었다. 서동은 절을 마치고 공주를 모시고 가겠다며 앞장을 섰다.

공주는 사내가 어디서 온 사람인지 모르지만 재주가 뛰어나 보이고, 우연히 만난 것도 인연이라고 생각해서 순순히 따라갔다.

그 만남을 통해 둘은 서로를 한눈에 사랑하게 되었다. 서동은 비로소 자초지종을 털어놓았고, 공주는 서동이 보통 인물이 아님을 깨닫게 되었다.

서동은 선화 공주를 데리고 백제의 집으로 돌아갔다. 둘이 살림을 차렸지만, 모아 둔 돈이 없자 공주는 금이 든 보따리를 풀었다. 풀어 놓은 금을 보고 서동이 웃으며 물었다.

"이것이 무슨 물건이오?"

"이걸 모르십니까? 황금입니다. 우리 부부가 평생 먹고살 만큼 값진 것입니다."

공주의 말에 서동이 별것 아니란 듯 심드렁하게 말했다.

"내가 어릴 때부터 마를 캤는데, 그곳에 이런 황금을 흙더미처럼 쌓아 놓았다오."

서동의 말을 들은 공주가 깜짝 놀랐다.

"정말이요? 그것은 세상에서 가장 귀한 보물입니다. 그 금덩어리 쌓아 놓은 곳을 지금도 알고 있으면 우리 부모님께 보내는 것이 어떨까요? 그러면 우리가 부부가 된 것을 인정해 주실 겁니다."

공주의 말에 서동이 고개를 끄덕였다.

"좋소, 그렇게 합시다."

모두 모아 보니 금덩어리가 작은 언덕만 했다.

그런데 그 많은 금덩어리를 신라로 보내자니 운반할 방법이 없었다. 두 사람은 의논 끝에 도술이 뛰어나다는 용화산* 사자사의 지명 법사를 찾아가 금을 보낼 방법을 물었다.

---

* **용화산** 전라북도 익산에 있는 산.

"내가 도술로 금을 모두 보내 줄 테니 가져오시오."

공주는 금을 모두 모아 부모님께 보내는 편지와 함께 사자사 앞에 가져다 놓았다. 지명 법사는 도력*을 발휘해 하룻밤 만에 신라 궁궐로 보내 주었다. 신라 진평왕은 놀라고 신비해하며 서동을 더욱 아껴 자주 편지를 보내 안부를 묻곤 했다.

이런 일들로 인심을 얻게 된 서동은 마침내 백제 제30대 왕이 되었다.

선덕 여왕, 세 가지 일을 예측하다

신라 제27대 선덕 여왕은 즉위한 16년 동안 세 가지 일을 미리 알았다.

첫 번째는 당나라 태종과 모란꽃에 관련된 일이었다. 당 태종은 붉은색, 자주색, 흰색 세 가지 꽃이 핀 모란꽃 그림과 함께 씨 세 되를 보내왔다.

그림을 보고 선덕 여왕은 말했다.

"이 꽃은 향기가 없을 것이다."

---

* **도력** 도를 닦아서 얻은 힘.

궁궐 뜨락에 씨를 심었는데, 꽃이 피었다 질 때까지 정말로 향기가 나지 않았다.

두 번째는 개구리 울음소리와 관련된 일이었다. 겨울인데도 영묘사*의 연못인 옥문지(玉門池)에 개구리들이 모여 사흘 동안 시끄럽게 울어 댔다. 겨울잠을 자지 않고 우는 개구리가 이상하여 사람들이 여왕에게 물었다.

여왕은 그 이야기를 듣고 각간* 둘에게 명령을 내렸다.

"지금 당장 정예병* 이천을 뽑아 서쪽 교외의 여근곡이라는 골짜기로 가거라. 적병들이 숨어 있을 테니 공격해 몰살시켜라."

두 각간이 군사들을 이끌고 서쪽 교외로 가니 정말 부산 아래 여근곡이 있었고, 그곳에 백제 군사 오백여 명이 숨어 있었다. 군사들이 공격하여 모두 잡아 죽였다. 남산 고개의 바위에 숨어 있던 백제의 오소 장군을 포위하여 쏘아 죽였다. 또 후발대 일천삼백 명이 몰려오는 것도 공격하여 한 사람도 살려 두지 않고 없애 버렸다.

세 번째는 죽음과 관련된 일이었다.

여왕이 병이 나지도 않았을 때였는데, 하루는 여러 신하들을 불

* **영묘사** 경상북도 경주시 성건동 남천 옆에 있었던 절.
* **각간** 신라 때의 최고 벼슬자리.
* **정예병** 썩 날래고 용맹스러운 병사.

러 놓고 말했다.

"내가 아무 해 아무 달 아무 날에 죽을 것이다. 내가 죽으면 도리천*에 묻어라."

신하들이 도리천이 어디인지 몰라 묻자 여왕이 알려 주었다.

"도리천은 낭산 남쪽이다."

여왕은 그날이 되자 정말로 세상을 떴다. 신하들은 유언대로 여왕을 낭산 남쪽에 장례 지냈다.

그 후 10여 년이 지나서 제30대 문무 대왕이 사천왕사(四天王寺)를 여왕의 무덤 아래에 세웠다. 불경에는 사천왕천(四天王天)* 위에 도리천이 있다고 했다. 사람들은 그제야 여왕의 신령스러움을 알게 되었다.

선덕 여왕이 살아 있을 때 신하들이 물어보았다.

"모란꽃과 개구리 울음소리로 어떻게 그런 예측을 하셨습니까?"

여왕이 웃으며 대답해 주었다.

"꽃을 그렸지만 나비가 없으니 향기가 없는 게 당연하지 않겠소? 당나라 태종이 내가 결혼하지 않은 것을 놀리느라 그런 그림

* **도리천** 불교의 우주관에서 볼 때 세계의 중심에 있는 수미산의 꼭대기에 있는 하늘.
* **사천왕천** 수미산의 중턱에 있는 하늘.

을 보낸 것이오. 또 개구리가 우는 모양은 병사들을 닮았으니 군사가 분명하오. 옥문지는 여자를 뜻하는 곳이고, 여자는 음과 양 중에서 음인데, 음의 색은 백색이고, 백색은 서쪽을 뜻하니 서쪽에 적병이 있을 것을 알았을 뿐이오."

여왕의 예지력에 신하들은 모두 놀라고 감탄할 수밖에 없었다. 세 가지 색의 모란꽃은 신라에 세 명의 여왕 즉 선덕과 진덕, 진성여왕이 있음을 암시한 것이라는 말도 있다.

문희, 꿈을 사고 왕비가 되다

문희는 김유신의 누이동생이다. 문희의 언니는 보희였다.

어느 날 보희가 꿈속에서 서쪽 산에 올라가 오줌을 누었다. 그런데 어찌나 많았는지 오줌이 서울을 가득 채웠다.

이튿날, 동생 문희에게 꿈 이야기를 했다. 언니의 꿈 이야기를 들은 문희가 얼른 부탁을 했다.

"언니, 그 꿈을 나에게 파세요."

"꿈값으로 무얼 줄래?"

"제가 아끼는 비단 치마를 드리면 될까요?"

보희가 좋아하며 반겼다.

"좋아, 비단 치마."

문희가 꿈을 받기 위해 옷깃을 벌리자 보희가 말했다.

"어제 꿈을 너에게 준다."

문희는 약속대로 비단 치마를 꿈값으로 지불했다.

문희가 꿈을 산 지 열흘이 지났다. 마침 그날은 정월 대보름이었다.

김유신은 평소 친했던 김춘추와 집 앞에서 공을 차며 놀고 있었다. 그러다가 김유신은 일부러 김춘추의 옷을 밟았다. 옷고름이 뜯어지자 김유신은 김춘추에게 제안을 했다.

"우리 집에 들어가 옷고름을 꿰맵시다."

김유신은 보희에게 옷고름을 꿰매 오라고 시켰다. 그러나 보희는 정중하게 거절을 했다.

"사소한 일로 귀공자이신 춘추 공을 가까이 할 수는 없습니다."

김유신은 할 수 없이 막냇동생인 문희에게 옷고름을 달아 오게 했다. 그 일을 계기로 김춘추와 문희는 사랑에 빠지게 되었고, 김춘추는 자주 김유신의 집을 드나들었다.

어느 날, 김유신은 문희가 임신한 것을 알게 되었다.

"네가 부모님께 아뢰지도 않고 아이를 배다니, 이 무슨 일이냐?"

김유신은 혼인도 하지 않고 임신한 누이동생을 불태워 죽인다는 소문을 온 나라 안에 퍼뜨렸다.

선덕 여왕이 남산에 행차하는 날을 택해 김유신은 마당에 나무를 쌓아 놓고 불을 질렀다. 연기가 하늘 높이 치솟았다. 그것을 본 여왕이 물었다.

"저것은 무슨 연기냐?"

신하들이 여왕에게 아뢰었다.

"김유신이 자기 누이동생을 불태워 죽이겠다고 피우는 연기인 듯합니다."

여왕이 이유를 묻자 신하가 또 대답했다.

"누이동생이 남편도 없이 임신하여서 죽인다고 하옵니다."

"그럼 누가 임신을 시켰단 말이냐?"

여왕이 묻자, 행차에 함께 있던 김춘추의 얼굴이 새하얘졌다.

그제야 눈치를 챈 여왕이 김춘추에게 명령을 내렸다.

"네가 저지른 일이니 얼른 가서 김유신 누이의 목숨을 구하라."

김춘추는 말을 달려 왕명을 전하고, 문희의 목숨을 구하였다. 그리고 마침내 혼례를 치러 문희를 아내로 맞았다.

김춘추는 선덕 여왕의 뒤를 이어 여왕이 된 진덕 여왕이 세상을 뜬 뒤 신라 제29대 왕(태종 무열왕)이 되었다.

나라를 위해
일한 충신
이야기

제상, 왕의 아우 두 명을 구하다

　신라 제17대 내물왕 때의 일이다. 왜국에서 신라에 사신을 보냈다.

　"우리 왕께서 대왕님의 뛰어나신 성품을 듣고 이렇게 저를 사신으로 보내 부탁하셨습니다. 부디 대왕님의 왕자 한 분을 우리나라에 보내 주시기 바라옵니다. 왕자님을 통해 대왕님 나라의 풍물을 본받고자 합니다."

　내물왕은 셋째 아들 미해(美海) 왕자를 왜국으로 보내게 되었다. 이때 왕자의 나이 겨우 열 살이었다. 그러나 왜국은 왕자를 볼모로 삼고 이후 30년이 되도록 돌려보내지 않았다.

　제19대 눌지왕은 내물왕의 아들이다. 눌지왕이 왕위에 오른 지 3년이 지난 해의 일이었다. 이번에는 고구려에서 사신이 왔다.

　"대왕의 아우 보해(寶海)께서 지혜롭고 재주가 뛰어나다는 소문을 듣고 우리 왕께서 가깝게 만나기를 청하십니다."

왕은 강한 고구려와 사이좋게 지낼 수 있는 기회라고 생각하여 동생 보해를 고구려로 보냈다. 그러나 고구려 장수왕은 보해를 억류한 채 돌려보내지 않았다.

눌지왕이 즉위한 지 10년이 되던 해의 일이었다. 왕은 나라 안에 잔치를 베풀었다. 왕이 술을 세 잔 마시고 난 후 풍악이 울려 퍼질 무렵, 눈물을 흘리며 신하들에게 하소연을 하였다.

"오래전에 아버지 내물왕께서는 백성들의 평안을 위하여 사랑하는 아들을 머나먼 왜국으로 보냈다가 다시는 만나 보지도 못하고 돌아가셨다. 또 내가 왕위에 오른 후, 강대한 이웃 나라 때문에 늘 전쟁에 시달렸는데 고구려가 화친*을 맺자 하여 아우를 고구려로 보내고 말았도다. 고구려도 왜국처럼 아우를 억류하고 돌려보내지 않고 있구나.

나 혼자 부귀영화를 누리고 있어도, 두 나라로 끌려간 아우들을 생각하면 하루도 마음이 편안하지 않아 눈물로 지새우곤 하는구나. 두 아우를 다시 만날 수 있다면 더 바랄 게 없을 것이다. 누가 나를 위해 그 일을 이루어 줄 수 있을까?"

왕의 말을 듣던 신하들이 이구동성으로 한 사람을 추천했다.

---

* **화친** 나라와 나라 사이에 다툼 없이 가까이 지냄.

"두 아우님을 구해 오는 일은 참으로 어려운 일이라 지혜와 용기를 두루 갖춘 사람만이 가능할 것입니다. 삽라군*의 태수 제상(堤上)을 추천합니다."

그 말을 들은 왕이 제상을 불렀다. 왕의 말을 들은 제상은 두 번 절을 하고 왕에게 아뢰었다.

"왕에게 근심이 있으면 신하는 치욕을 당하게 되고, 왕이 치욕을 당하면 신하는 목숨을 잃게 된다는 말이 있습니다. 일의 어렵고 쉬움을 가려 추진하려 한다면 충성스럽지 못한 행동이고, 살고 죽는 것을 따져 행동한다면 용맹스럽지 못한 것입니다. 제가 비록 모자라기는 하지만, 왕명을 받들어 두 아우님을 돌아오게 해 보겠습니다."

제상은 왕명을 받자마자 변장을 하고 북쪽으로 떠나 고구려로 들어갔다.

보해가 있는 곳까지 숨어 들어간 제상은 5월 15일 고성의 바닷가에서 만나기로 약속을 했다. 보해는 약속한 날짜에 맞춰 밤중에 도성을 빠져나와 고성 해변으로 향했다.

고구려 왕이 뒤늦게 보해의 탈출 사실을 알아채고 수십 명의 군사를 풀어 뒤쫓게 했다. 군사들은 고성 부근에 이르러 마침내 보해

---

* **삽라군** 지금의 경산남도 양산시.

를 따라잡았다. 그러나 보해를 발견한 군사들은 화살촉을 모두 뽑아 버리고 빈 화살을 쏘았다. 보해가 고구려에 있을 때 늘 주변 사람들에게 은혜를 베풀었기 때문에 그의 탈출을 도와준 것이었다. 제상과 만난 보해는 무사히 고구려를 탈출해 신라로 돌아올 수 있었다.

다시는 만날 수 없을 것이라고 생각했던 보해 아우를 보게 된 눌지왕은 일본으로 잡혀간 미해 아우가 더욱 그리워졌다. 돌아온 보해 아우를 보면 즐겁고, 돌아오지 못한 미해 아우를 생각하면 슬픔이 더해 눌지왕은 눈물을 흘리곤 했다.

"내 몸에 한쪽 팔만 있는 것 같구나. 얼굴에 한쪽 눈만 있는 것 같구나. 하나를 얻었지만 나머지 하나가 없으니 슬프지 않을 수가 없구나."

왕의 말을 들은 제상이 엎드려 두 번 절하고 물러 나왔다. 제상은 그길로 집에 들르지도 않고 길을 떠나 율포(栗浦)* 바닷가에 이르렀다.

남편의 소식을 들은 아내는 말을 타고 율포 바닷가까지 달려갔다. 그러나 이미 남편은 배를 타고 일본을 향해 떠나가는 중이었다. 아내는 안타까워하며 남편을 향해 소리를 질렀다. 제상은 아내

---

* **율포** 지금의 울산광역시 울주구 강동면 지역.

를 향해 손을 흔들어 주었을 뿐, 배를 멈추지 않았다.

　"신라의 눌지왕은 아무 잘못도 없는 제 부모와 형제를 무참하게 살육했습니다. 도저히 신라에서는 살 수 없어서 이렇게 바다를 건너오게 되었습니다."

　왜국에 도착한 제상은 거짓말을 퍼뜨렸다. 왜왕은 제상의 말을 믿고 집을 한 채 주며 편안히 살게 해 주었다.

　제상은 늘 미해를 모시고 바닷가에 나가 놀면서 물고기와 새를 잡아다 왜왕에게 바쳤다. 왜왕은 몹시 기뻐하며 조금도 제상을 의심하지 않았다.

　안개가 자욱하게 낀 어느 날 새벽이었다. 제상은 미해에게 귓속말을 건넸다.

　"오늘이 가장 좋은 날입니다. 어서 탈출하십시오."

　"그럼 어서 함께 갑시다."

　그러나 제상은 손을 내저었다.

　"아닙니다. 만약 신이 함께 간다면 왜국 사람들에게 발각되기 십상입니다. 신은 여기 남아서 추격하는 왜군들을 막아 내겠습니다. 속히 떠나십시오."

　"지금까지 나는 그대를 부모나 형제처럼 생각해 왔는데 어떻게 나 혼자 떠나겠소?"

제상이 다시 한 걸음 물러서며 말했다.

"저는 왕제*님의 목숨을 구하여 대왕님의 마음을 위로할 수만 있다면 충분합니다. 어찌 살기를 바라고 여기에 왔겠습니까?"

굳은 결심을 털어놓은 제상은 미해에게 한잔 술을 따라 바쳤다.

이때 신라 사람인 강구려가 왜국에 있었는데, 제상은 그에게 미해를 모시고 떠나도록 부탁했다.

미해 일행이 떠나고 나자 제상은 미해의 방에 들어가 이튿날 아침까지 머물렀다. 왜왕의 측근들이 미해를 찾으면 제상이 방문 밖으로 나가서 말했다.

"어제 사냥하느라 너무 지쳐 일어나지 못하십니다."

하루 종일 미해가 밖으로 나오지 않자 저녁 무렵 왜왕의 측근들이 이상하게 여겨 다시 찾아왔다. 그제야 제상은 사실대로 말했다.

"미해 공이 떠난 지 이미 오래되었다오."

소식을 들은 왜왕이 군사를 풀어 뒤를 쫓았으나, 이미 미해 일행은 배를 타고 떠난 뒤였다. 화가 치민 왜왕은 제상을 잡아 가두었다.

"너는 왜 신라 왕제를 몰래 탈출시켰느냐?"

"나는 왜국의 신하가 아니라 신라의 신하로서, 우리 대왕의 소

* **왕제** 임금의 아우.

원을 이루어 드린 것뿐이오. 그런데 어떻게 당신에게 미리 탈출 계획을 털어놓을 수 있었겠소."

왜왕의 분노가 하늘을 찌를 것 같았다.

"네가 전에 이미 나의 신하라 해 놓고 이제 와서 다시 신라의 신하라고 하는구나. 내 너에게 다섯 가지 형벌을 내릴 것이다. 만약 왜국의 신하라고 한다면 높은 벼슬자리를 보장해 주마."

제상이 눈을 부릅뜨며 말했다.

"내가 차라리 신라의 개나 돼지가 되지 왜국의 신하가 되지는 않겠다. 신라의 형벌을 받으면 받았지 왜국의 벼슬을 받지는 않겠다."

왜왕은 화가 나서 제상의 발바닥 껍질을 벗기고 날카롭게 벤 갈대 위를 걸어가게 했다. (지금도 갈대 줄기에 붉은빛이 있는 것은 제상의 피가 남은 것이라고 한다.)

왜왕이 다시 물었다.

"너는 어느 나라 신하냐?"

제상이 당당하게 대답했다.

"나는 신라의 신하다."

이번에는 벌겋게 불에 달군 쇠 위에 세워 놓고 물었다.

"너는 어느 나라 신하냐?"

살 타는 냄새가 진동을 했지만, 제상은 당당했다.

"나는 신라의 신하다."

왜왕은 제상을 굴복시킬 수 없다고 생각하여 목도라는 섬으로 끌고 가서 불에 태워 죽였다.

바다를 건너온 뒤 미해는 강구려를 앞서 보내 왕에게 소식을 알렸다. 눌지왕은 뛸 듯이 기뻐하며 굴헐역*까지 여러 신하들을 보내 미해를 맞이했다. 눌지왕은 아우 보해와 함께 남쪽 교외까지 가서 미해를 만나 함께 돌아왔고, 궁궐에서 성대한 잔치를 베풀었다. 또 많은 죄인들을 풀어 주었다. 제상의 아내에게는 국대부인이라는 벼슬을 내렸으며, 제상의 딸을 미해 공의 아내로 삼았다.

사람들은 이렇게 말했다.

"중국 한나라의 신하였던 주가가 초나라 항우에게 사로잡혔을 때, 항우의 신하가 되면 만호후(萬戶侯)*를 주겠다고 했지만 굴복하지 않아 죽고 말았다. 제상의 충절 역시 주가에 못지않도다."

제상이 일본으로 떠날 때 바닷가 율포 마을까지 쫓아갔던 부인은 제상을 잡지 못하자 망덕사 모래밭에 드러누워 통곡을 했다. 그런 이유로 그 모래밭을 길게 울었다는 뜻에서 장사(長沙)라고 부르게 되었다. 친지 두 사람이 부인을 양쪽에서 부축하여 데려가려 했

---

* **굴헐역** 지금의 울산광역시 지역에 있었던 지명.
* **만호후** 집 일만 채가 있는 땅을 다스리는 영주.

으나, 부인은 다리를 뻗대고 앉아 돌아가려 하지 않았다고 한다. 그래서 그곳을 뻗치고 있던 곳이라는 뜻으로 벌지지(伐知旨)라고 불렀다. ('뻗치다'의 음을 한자로 적은 것이 '伐知旨'가 된 것이다.)

오랜 시간이 지난 후 부인은 세 딸과 함께 치술령이라는 고갯마루에 올라가 왜국을 바라보며 제상을 그리워하다 죽어 치술신모*가 되었다고 한다. 지금도 치술령에는 그 사당이 남아 있다.

김유신, 세 신령의 도움으로 목숨을 구하다

김유신은 진평왕 17년에 태어났다. 일곱 가지 빛나는 정기를 지니고 태어나서 등에 별 모양의 점 일곱 개가 있었다.

검술을 익혀 열여덟 살에 화랑이 되었다. 같은 화랑의 무리 중에 백석이라는 사람이 있었는데, 어디 출신인지 알 수 없었다.

유신은 밤낮으로 고구려와 백제를 쳐 없앨 생각에 골몰해 있었다. 백석이 김유신의 계획을 눈치채고 다가왔다.

"저와 함께 고구려와 백제를 미리 염탐*한 후 공격을 하는 것이

---

* **치술신모** 치술령의 여신.
* **염탐** 몰래 남의 사정을 살피고 조사함.

어떨까요?"

자신의 뜻과 같은 백석의 말에 유신은 뛸 듯이 기뻐하였다. 날을 정해 둘이서 염탐을 위해 밤길을 나섰다. 한참을 걸어 고개 위에서 쉬고 있을 때였다. 갑자기 두 여자가 나타났다. 두 여자는 유신 일행이 길을 떠나자 뒤를 졸졸 따라왔다.

골화천이라는 곳에 이르러 하룻밤을 자게 되었는데, 또 한 여자가 나타났다. 길에서 만난 것도 기이한 인연이라 생각하며 일행들은 서로 어울려 즐겁게 이야기를 나누었다. 여자들이 가져온 과일을 서로 나누어 먹으며 이런저런 이야기를 나누게 되었다. 이야기가 무르익자 여자들이 김유신에게 몰래 말을 건넸다.

"공께서 하신 말씀은 잘 들었습니다. 저희도 긴히 드릴 말씀이 있으니, 백석을 따돌리고 몰래 숲속으로 들어가시지요. 그러면 자세한 사정을 말씀드리겠습니다."

김유신이 그 여자들과 함께 숲속으로 들어갔다. 그러자 여자들이 갑자기 신령으로 변하더니 말을 했다.

"우리는 내림, 혈례, 골화 세 땅을 수호하는 신령입니다. 지금 적의 첩자인 백석이 당신을 유인해서 곤경에 빠뜨리려고 하는데도 당신은 전혀 눈치조차 못 채고 따라가고 있으니 답답합니다. 당신을 말리려고 우리가 이렇게 찾아오게 되었습니다."

이 말을 들은 김유신은 깜짝 놀라 잠시 기절을 했다가 깨어났다. 신령들에게 두 번 엎드려 절을 하고 난 뒤 김유신은 숲속에서 빠져나왔다.

그날 밤 여관에서 묵게 되었는데, 김유신은 모른 체하고 백석에게 말했다.

"내가 깜빡 잊고 아주 중요한 문서를 하나 안 가지고 왔네. 얼른 같이 돌아가 그 문서를 가지고 다시 오세."

백석은 아무 의심도 하지 않고 김유신을 따라 다시 집으로 돌아왔다.

김유신은 집에 도착하자마자 백석을 꽁꽁 동여맨 뒤 자초지종을 털어놓으라며 고문을 했다. 백석이 할 수 없이 사실을 자백했다.

"저는 원래 고구려 사람입니다. 신라의 김유신은 우리나라 점쟁이였던 추남이라는 소문이 있었습니다.

예전에 고구려 국경에 물이 거꾸로 흐르는 일이 생겼습니다. 이상한 일이라서 추남을 불러 점을 쳐 보게 했지요. 추남은 '왕비께서 음양의 도를 거스르는 잘못을 저질러서 물이 거꾸로 흐르는 것'이라고 했습니다. 왕께서 놀라시고, 왕비는 모함이라며 화를 냈습니다. 왕비는 엉터리 점쟁이라면서, 다른 문제를 내서 틀리면 중형에 처하자고 했지요.

왕은 쥐 한 마리를 상자에 가두어 놓고 무슨 물건이냐고 물었습니다. 추남은 상자 속의 것은 쥐 여덟 마리라고 대답했습니다. 답이 틀렸다며 왕이 죽이려 하자 추남은 기세등등하게 소리쳤습니다.

"내가 죽으면 반드시 대장이 되어 고구려를 멸망시킬 것이다."

왕이 화가 나서 추남을 죽이고 난 뒤 쥐의 배를 갈라 보니 새끼가 일곱 마리 들어 있었습니다. 그때야 추남의 말이 맞았다는 것을 알게 되었지요.

그날 밤 왕은 추남이 신라 서현공의 품속으로 들어가는 꿈을 꾸었습니다. 꿈 이야기를 들은 신하들이 모두 추남의 맹세가 사실이 되었다고 했습니다. 그래서 서현공의 아들인 당신을 죽이려고 나를 이곳으로 보낸 것입니다."

김유신은 백석의 목을 쳐 죽이고 갖은 음식을 차려 신령들께 제사를 올렸다.

백제, 역사의 뒤안길로 사라지다

백제의 마지막 왕은 의자왕이다. 그는 무왕의 맏아들이었는데, 용맹하고 담력이 남달랐으며, 효성도 지극해서 해동*의 증자*라고

---

* **해동** 우리나라를 달리 부르는 이름. 중국인이 발해의 동쪽 나라라는 뜻으로 불렀음.
* **증자** 중국의 유학자. 남달리 효심이 뛰어났던 공자의 제자.

불렀다.

641년에 왕위에 오른 뒤에는 어려서의 재주를 다 잃고 술과 여자에 빠져 나랏일을 게을리했다. 그 결과 나라는 혼란에 빠지고 위태로워졌다.

그 당시 좌평 벼슬이었던 성충이 왕에게 목숨을 걸고 간언*을 했지만 오히려 왕은 그를 괘씸하게 여겨 옥에 가두고 말았다. 거의 죽게 된 성충은 마지막으로 왕에게 글을 올려 간언을 했다.

"충신은 죽더라도 임금을 잊지 않는 법이라고 했습니다. 신이 이제 거의 죽게 되었지만, 왕께 꼭 부탁드리고 싶은 말이 있습니다. 제가 살펴보니 머지않아 전쟁이 일어날 것 같습니다. 전쟁에서는 작전이 중요합니다. 지세*를 잘 살피시어 강의 상류에서 적과 맞서게 되면 싸움에 유리할 것입니다. 만약 적이 쳐들어오면 육로로는 탄현*을 넘어오지 못하게 방어하셔야 합니다. 수군은 기벌포*에 들어오지 못하게 막으셔야 합니다. 지세가 허한* 곳에서 적을 막아야

* **간언** 웃어른이나 임금에게 옳지 못하거나 잘못된 일을 고치도록 하는 말.
* **지세** 땅의 생긴 모양.
* **탄현** 삼국 시대 백제의 고개.
* **기벌포** 지금의 충청남도 서천군 장항읍 일대. 금강 하구 일대로, 백제 때 수도 사비성을 지키던 중요한 관문이었다.
* **허하다** 튼튼하지 못하고 빈틈이 있다.

나라를 지킬 수 있을 것이옵니다.”

그러나 왕은 성충의 간언을 듣지 않았다.

그 후 백제에는 온갖 이상한 일들이 일어나기 시작했다.

659년에 오회사에 갑자기 크고 붉은 말이 나타나 여섯 시간을 돌아다녔다. 그해 2월에는 궁궐에 여우 여러 마리가 들어왔다. 그 중 한 마리는 좌평의 책상 위에 한참 앉아 있었다. 4월에는 태자의 궁궐에 있는 암탉이 참새와 짝짓기를 했다. 5월에는 사비수* 강가에 서른 자(약 9미터)도 더 되는 큰 물고기가 죽어 있었다. 그 고기를 먹은 사람들은 다 죽었다. 9월에는 궁궐 안에 있는 회화나무가 사람 소리를 내며 울었다.

660년에는 도성의 우물물이 핏빛으로 변했으며, 서쪽 바닷가에는 작은 물고기들이 셀 수 없이 죽어 백성들이 다 먹을 수도 없을 정도였다. 또 사비수의 강물이 핏빛으로 변해 흘렀다. 4월에는 수만 마리의 개구리가 나무 위에 모여들었고, 도성의 사람들이 아무 영문도 없이 마구 달아나다가 백여 명이 깔려 죽는 일이 발생했다. 그 바람에 재산을 잃은 사람은 셀 수 없을 정도였다.

6월에는 왕흥사 스님들이 배가 절 문으로 물밀듯이 밀려오는 이상한 모습을 목격하기도 했다. 또 사슴만 한 개가 사비수 강둑에

---

* **사비수** '백마강'의 삼국 시대 이름.

나타나 궁궐을 향해 한참 울부짖다 사라졌다. 도성의 모든 개들도 때맞춰 길가로 나와 같이 울부짖다 흩어졌다.

어느 날은 갑자기 귀신이 궁궐에 나타나 큰 소리로 외쳤다.

"백제는 망한다! 백제는 망한다!"

귀신은 그렇게 외치더니 땅속으로 사라지고 말았다. 왕이 이상하게 생각해 귀신이 들어간 땅을 파 보니 거북이 한 마리가 있었다. 거북의 등에는 '백제는 보름달이고 신라는 초승달이다.'라고 쓰여 있었다. 왕은 무당을 불러 무슨 뜻인지 물었다.

"보름달은 꽉 차서 기운다는 뜻이고, 초승달은 점점 차오른다는 뜻입니다."

무당의 풀이에 화가 난 왕은 그를 잡아 죽였다.

"보름달은 꽉 차서 번성하다는 뜻이고, 초승달은 점점 미약해진다는 뜻입니다."

그렇게 풀이하는 사람이 있자 왕은 비로소 기뻐했다.

왕이 된 김춘추는 백제에 기이한 일이 많이 일어난다는 소문을 듣고 당나라에 사신을 보내 군대를 요청했다. 당나라 고종은 소정방을 장군으로 임명하여 신라와 함께 백제를 공격하도록 했다.

소정방이 군사를 이끌고 신라 서쪽 덕물도라는 섬에 도착하자 신라에서는 장군 김유신이 정예병 오만을 끌고 전쟁에 나섰다.

이 소식을 들은 백제 의자왕이 신하들에게 싸워 이길 방법을 물었다.

"당나라 군사들은 바다를 건너 힘겹게 왔으며, 물에서 싸우는 것에도 익숙하지 못합니다. 신라는 당나라를 믿고 우리를 업신여기는 마음이 있습니다. 만약 당나라 군사가 우리에게 지는 것을 보면 두려워 함부로 나서지 못할 것입니다. 그러니 당나라 군사들과 먼저 싸워 이기는 방법을 선택하셔야 합니다."

좌평 의직이 그렇게 간언을 했으나 달솔 상영이 반대하였다.

"아니옵니다. 당나라 군사들은 먼 길을 떠나왔으니 얼른 싸워 이기길 원할 것입니다. 그 날카로운 공격을 맞서기에는 우리 힘이 부족합니다. 신라는 이미 우리에게 여러 번 진 경험이 있으니 우리를 두려워할 것입니다. 당나라 군사의 길을 막아 그들이 피로할 때를 기다리면서 다른 군사들로 신라를 공격한다면 군사를 한 명도 잃지 않고 나라를 지킬 수 있을 것입니다."

두 의견이 팽팽하게 맞서자 왕은 결단을 내리지 못했다.

그 무렵 좌평이었던 흥수가 귀양을 가 있었는데, 왕이 그에게 사람을 보내 물었다.

"전에 좌평 성충이 한 말대로 하심이 옳을 것입니다."

흥수가 그렇게 답을 보냈다. 그러나 대신들은 흥수의 말에 또 반기를 들었다.

"홍수는 죄를 짓고 귀양을 가 있는 사람입니다. 그는 분명 왕을 원망하고 나라를 사랑하는 마음도 없을 것입니다. 당나라 군사가 백강*을 따라 진격할 때 나란히 진격하지 못하도록 막고, 신라 군사들이 탄현을 거쳐 작은 길로 접어들 때 군사를 풀어 기습한다면 그들은 닭장 안의 닭이고 그물 안의 고기가 될 것입니다."

"그것이 좋겠소."

왕은 대신들의 말을 따랐다.

당나라 군사는 백강을 지났고, 신라의 군사는 탄현을 넘어섰다는 보고를 받은 의자왕은 계백 장군에게 결사대 오천 명을 이끌고 황산*으로 나가 맞서라는 명령을 내렸다. 계백은 명령대로 나가 네 번 전투를 하여 모두 승리했다. 그러나 군사는 적고 힘은 다하여 마침내 마지막 전투에서 패배하고, 계백은 전사하고 말았다.

당나라와 신라 군사들이 합세하여 백제의 강가에 머물렀다. 그때 새 한 마리가 소정방의 머리 위에서 빙빙 돌았다. 소정방이 점술사를 불러 점을 치게 했다.

"대원수께서 몸을 상하게 될 점괘이옵니다."

---

* **백강** 백마강. 충청남도 부여 부근을 흐르는 금강의 이름.
* **황산** 충청남도 논산 지역의 옛 이름.

점술사의 말을 듣고 소정방은 두려워서 전투를 그만두려고 했다. 그 말을 들은 김유신이 소정방에게 찾아가 말했다.

"어떻게 대국의 장수가 한낱 날아가는 새 따위 때문에 하늘의 뜻을 어긴단 말이오. 하늘의 뜻을 받아 어질지 못한 세력을 처벌하는 일인데 상서롭지* 못할 것이 무엇이라는 말입니까?"

말을 마친 김유신이 칼을 뽑아 새를 향해 휘두르니, 새는 몸통이 찢어져 소정방 앞에 툭 떨어졌다. 그제야 소정방이 군사를 이끌고 백강 왼쪽으로 나와 산을 등에 지고 신라와 함께 힘을 합쳐 싸웠다. 그 결과 백제군은 크게 패하고 말았다.

당나라 군사들은 바닷물을 이용해 배를 타고 진격했다. 북을 치고 고함을 지르며 전진에 전진을 계속하여 마침내 당나라의 보병과 기마병은 도성 30리까지 쳐들어왔다.

백제는 성안의 군사를 모두 동원하여 막았지만 역부족이었다. 그 싸움에서 만여 명의 백제 사람들이 목숨을 잃었다.

당나라 군사는 기세를 몰아 성으로 들이닥쳤다. 그제야 상황을 파악한 의자왕이 탄식을 했다.

"내가 성충의 말을 듣지 않아 결국 이 지경에까지 이르렀구나."

의자왕은 태자를 데리고 몰래 성을 탈출하여 북쪽으로 달아났

* **상서롭다** 복되고 좋은 일이 일어날 듯하다.

다. 소정방은 성을 포위하고 항복을 요구했다.

의자왕의 둘째 아들 태(泰)가 자기 마음대로 왕위에 올라 맞서 싸우자, 태자의 아들이 말했다.

"임금님께서 태자와 함께 성을 빠져나가셨는데, 숙부께서 마음대로 왕위에 오르셨으니 만약 나중에 당나라가 물러간다면 무사하실 수 있겠습니까?"

그런 말을 남기고 태자의 아들은 측근들과 함께 성을 넘어 나가 버렸다. 많은 백성들이 그들을 따라 나가 버려도 더는 막을 수가 없었다.

소정방이 군사들에게 성을 넘어가 당나라 깃발을 꽂게 하자, 결국 태는 성문을 활짝 열고 항복할 수밖에 없었다.

도망쳤던 의자왕 일행도 결국은 항복을 하고 말았다. 소정방은 의자왕과 왕자들, 대신과 장수들 88명, 백성 12,807명을 당나라의 수도로 끌고 가고, 백제의 여러 곳을 점령지로 삼았다. 의자왕은 당나라에서 숨을 거두고 말았고, 백제는 신라와 당나라 연합군에게 패하여 사라지고 말았다.

동물, 용,
귀신이 나오는
신비한 이야기

거문고 상자를 쏘다

신라 제21대 소지왕(비처왕)이 즉위한 지 10년이 되는 해의 일이다. 왕이 천천정이라는 정자에 행차를 했을 때였다.

난데없이 까마귀와 쥐가 왕 앞에 나타났다. 쥐가 마치 왕을 알현하듯이 나서서 사람의 말로 한마디를 했다.

"이 까마귀가 가는 곳을 살펴보시기 바랍니다."

왕은 기마병에게 쥐의 말대로 까마귀가 날아가는 곳을 따라가 보라고 명령했다.

까마귀는 남쪽 방향으로 날아갔다. 기마병은 힘껏 말을 달려 피촌이라는 마을에 이르렀다.

그런데 갑자기 돼지 두 마리가 길을 막고 서로 싸우고 있었다. 그 모습을 보다가 기마병은 그만 까마귀를 놓치고 말았다. 어쩔 줄 몰라 우왕좌왕하고 있는데, 연못 속에서 노인이 나와 기마병에게 다가왔다. 노인은 손에 종이봉투를 들고 있었다.

노인은 그 종이를 기마병에게 내밀었다. 봉투 겉면에 "열어 보면 두 사람이 죽고, 열어 보지 않으면 한 사람이 죽으리라."라고 써 있었다.

기마병이 돌아와 왕에게 종이를 바쳤다.

"두 사람이 죽는 것보다 차라리 열지 않고 한 사람만 죽는 것이 낫겠구나."

왕은 종이봉투를 열어 보지 않으려고 했다.

그러자 천문을 살펴보고 점을 치는 일관이 나서서 왕에게 아뢰었다.

"두 사람은 일반 백성이고 한 사람은 왕을 말합니다."

일관의 말을 듣고 왕은 봉투를 열어 보았다. 그랬더니 종이에 이렇게 쓰여 있었다.

"거문고 상자를 쏘아라."

급히 궁궐로 돌아온 왕은 거문고 상자를 향해 활을 쏘았다. 화살이 상자에 명중하자 갑자기 뚜껑이 열리면서 그 속에서 남녀 한 쌍이 기어 나왔다. 한 명은 왕비였고, 다른 한 명은 향을 피우고 기도를 하던 승려였다. 둘은 왕 몰래 간통을 하고 있다가 들킨 것이었다. 왕은 두 사람을 사형시켰다.

이때부터 매년 정월의 첫 돼지날, 쥐날, 말의 날에는 모든 일을 신중하게 처리했으며, 함부로 움직이지 않는 등 조심하였다. 그리고 정월 15일인 대보름을 까마귀 제삿날인 오기일(烏忌日)이라고 부르며 찰밥으로 제사를 지내는 풍습이 이 사건에서 비롯되었다. 노인이 나온 연못은 글 쓴 종이가 나왔다고 해서 서출지(書出池)라고 하였다.

비형랑, 귀신을 부하로 두다

신라 제25대 사륜왕(진지왕)은 왕위에 오른 지 4년 만에 폐위*되었다. 왕이 술과 여자에 빠져 일을 제대로 돌보지 않아 나라가 어지러워졌기 때문이었다.

그 사륜왕이 왕위에 있을 때였다. 사량부*의 백성 중에 얼굴이 아주 예쁜 여자가 있었다. 복숭아꽃처럼 고와서 사람들이 도화녀(桃花女)라고 불렀다.

왕이 그 소문을 듣고 여자를 궁중으로 불렀다. 자기의 여자로 만들겠다는 생각에서였다.

왕의 뜻을 들은 도화녀는 단호하게 거절했다.

"저는 이미 남편이 있는 여자입니다. 두 남편을 섬길 수는 없는

* **폐위** 왕이나 왕비 등의 자리에서 몰아냄.
* **사량부** 신라 때 경주 6부의 하나.

법입니다. 아무리 왕이라고 하더라도 남편이 있는 아녀자를 함부로 가져서는 안 될 것입니다."

왕이 엄하게 물었다.

"말을 듣지 않는다면 너를 죽일 것이다."

그러나 도화녀는 한 치도 물러서지 않았다.

"차라리 죽을지언정 남편을 버리고 다른 남자에게 갈 수는 없습니다."

"그럼 남편이 없다면 괜찮겠느냐?"

"남편이 없다면 그럴 수도 있겠지요."

어쩔 수 없다고 생각한 왕은 도화녀를 돌려보냈다.

그런 일이 있고 난 얼마 후 왕은 폐위되었다가 세상을 떴다. 폐위된 왕이 죽은 지 2년 만에 도화녀의 남편도 죽고 말았다.

도화녀의 남편이 죽은 지 열흘이 지난 날 밤이었다. 도화녀의 방에 갑자기 죽은 왕이 살아 있을 때처럼 찾아와 말했다.

"네가 오래전에 남편이 없으면 괜찮다고 했는데, 이제 남편이 없으니 나와 잠자리를 함께하겠느냐?"

도화녀는 바로 허락하지 않고 부모님에게 사정을 말씀드렸다.

"왕의 명령을 어떻게 어길 수 있겠느냐?"

부모님이 허락을 하자 비로소 도화녀는 왕이 있는 방으로 들어갔다.

왕은 도화녀와 7일 동안 함께 머물렀다. 그동안 늘 오색구름이 집을 에워싸고 있었으며, 방 안에는 향기가 가득했다. 7일 후 왕은 아무 얘기도 없이 사라졌다.

그 후 도화녀에게 태기가 있었다. 달이 차 아들을 낳고, 이름을 비형이라 지었다.

진평왕이 도화녀의 이야기를 듣고 기이하다고 생각해 비형을 궁궐에 데려다 키웠다. 비형의 나이가 열다섯 살이 되었을 때 왕은 집사라는 벼슬을 주었다.

벼슬을 받은 뒤부터 비형은 밤마다 궁궐을 빠져나가 멀리 가서 놀다 오곤 했다. 왕은 비형이 나가지 못하도록 힘센 병사 50명에게 주위를 지키게 했다. 그러나 비형은 쥐도 새도 모르게 궁궐의 성을 날아 넘어가 서쪽에 있는 황천이라는 냇가의 언덕에서 귀신들을 데리고 놀곤 했다.

병사들이 숲속에 숨어서 살펴보니 귀신들이 절에서 울리는 새벽 종소리를 듣고 흩어지자 그제야 비형도 궁궐로 돌아가는 것이었다. 병사들의 보고를 받은 왕이 비형을 불러 물었다.

"네가 귀신을 데리고 논다고 하던데, 정말이냐?"

"그러하옵니다."

"그러면 내가 명령을 하나 내리겠다. 귀신들을 부려서 신원사 북쪽 개울에 다리를 놓아 보아라."

비형은 왕의 명령대로 귀신들을 시켜 하룻밤 만에 돌을 다듬어 큰 다리를 놓았다. 그래서 그 다리를 귀신 다리라고 부르게 되었다.

비형의 재주에 감탄한 왕이 물었다.

"네가 데리고 있는 귀신들 중에서 인간 세상에 와서 나랏일을 돌볼 만한 자가 있느냐?"

"길달이라는 자가 그럴 만합니다."

"데려오너라."

이튿날, 비형이 길달을 데리고 와 왕을 알현했다. 왕이 길달에게도 집사 벼슬을 주었다. 길달은 충성스럽고 정직하게 나랏일을 맡아 잘 처리해서 그를 따라갈 사람이 없었다.

그때 각간 벼슬을 하던 임종에게는 아들이 없었는데, 왕이 길달을 양아들로 삼게 했다. 임종은 양아들 길달에게 흥륜사라는 절의 남쪽에 문루*를 지으라고 했다. 문루를 다 짓고 나자 길달은 날마다 집을 두고 문루에 가서 잤다. 그래서 그 문을 길달문이라고 불렀다.

어느 날, 길달이 여우로 변신하여 도망을 쳤다. 비형이 그것을 보고 귀신들에게 잡아 오라고 해서 죽였다. 그런 일을 겪자 귀신들은 비형이 두려워 모두 도망치고 말았다.

그 당시의 사람들은 다음과 같은 노랫말을 지어 문에 붙여서 귀신을 쫓았다고 한다.

* **문루(門樓)** 바깥문 위에 지은 다락집.

죽은 임금의 넋이
아들을 낳았네.
이곳은 비형랑의 집이라네.
날뛰는 잡귀들아,
이곳에 머물지 말아라.

신문왕, 만파식적을 얻다

신라 제31대 왕인 신문왕은 아버지 문무왕을 위하여 동해 가까이에 감은사를 세웠다. 절의 기록에 따르면, 문무왕은 왜군의 침략을 막기 위해 이 절을 처음 세우기 시작했는데 다 끝내지 못하고 세상을 뜨는 바람에 죽어 동해의 용이 되었다고 한다. 아들 신문왕이 절을 완공했는데, 부처님을 모신 금당의 계단 아래에 동해 쪽으로 구멍을 하나 만들어 놓았다. 동해 용왕이 된 문무왕이 오갈 수 있게 만든 것이다. 유언에 따라 문무왕의 유골이 있는 무덤은 대왕암이라 불렀고 절은 감은사라고 하였다. 뒤에 용이 나타난 곳은 이견대(利見臺)*라고 하였다.

* 중국의 《주역》 가운데 '비룡재천 이견대인(飛龍在天利見大人)'이란 글귀에서 따온 것으로, 신문왕이 바다에 나타난 용을 통해 크게 이익을 얻었다는 뜻으로 해석된다.

이듬해 5월 초하루에 바다를 살피는 관리인 파진찬 박숙청이 신문왕에게 보고했다.

"동해에 있는 작은 산이 바다에 떠서 물결에 따라 이리저리 흔들리며 감은사로 흘러오고 있습니다."

왕이 괴이한 일이라고 생각해 일관인 김춘질에게 점을 치도록 했다.

"폐하의 아버님이신 문무왕께서 지금 용이 되어 우리나라를 수호하고 계시고, 김유신 공께서도 33천*의 아들이 되어 인간 세계로 내려와 계십니다. 두 성인께서 나라를 지킬 수 있는 큰 보물을 대왕께 내려 주시려 하십니다. 폐하께서 동해안으로 행차하시면 값을 매길 수 없을 만큼 귀한 보물을 얻으실 수 있을 것입니다."

일관의 말에 신문왕은 뛸 듯이 기뻐하였다. 그달 7일에 왕은 이견대에 가서 바다에 흘러드는 산을 바라보고 난 뒤 신하에게 직접 살펴보고 오라고 명령했다.

"산의 모양은 거북이 머리처럼 생겼는데, 산꼭대기에 대나무가 한 그루 있습니다. 대나무가 낮에는 둘로 갈라져 있다가 밤이 되면 하나로 합쳐집니다."

신하가 보고 와서 그렇게 아뢰었다.

---

* **33천** 수미산 정상에 있는 도리천의 33신(神)들 또는 33신들이 사는 도리천을 말함.

보고를 들은 왕은 문무왕의 뜻이 깃든 감은사에 가서 하루를 묵었다. 그런데 다음 날 정오가 되자 갑자기 섬의 대나무가 하나로 합쳐지더니 천지가 진동을 하고 비바람이 거세게 불며 세상이 어둑어둑해졌다. 그런 날씨는 7일 동안 계속되었다. 16일이 되자 비로소 바람이 그치고 물결이 잔잔해졌다.

왕은 배를 타고 바다로 나가 떠 있는 산에 도착했다. 그러자 용이 나타나 검은 옥대*를 바쳤다. 왕이 용과 마주 앉고 나서야 물었다.

"이 산의 대나무가 갈라지기도 하고 합쳐지기도 하는 것은 무슨 이유요?"

왕의 질문에 용이 대답을 했다.

"한 손바닥으로는 소리를 낼 수 없고, 손바닥을 마주쳐야 소리가 나는 것과 같은 이치지요. 이 대나무는 합쳐야 소리가 나는 존재이니, 왕께서 소리로 천하를 다스리게 될 것이라는 상서로운 의미를 지니고 있습니다. 부디 이 대나무로 피리를 만들어 부시기 바랍니다. 그렇게 하시면 천하가 태평해질 것이옵니다. 지금 왕의 아버님께서는 용이 되셨고, 김유신은 천신이 되셨습니다. 두 성인께서 값을 매길 수 없을 정도로 귀한 보물을 왕께 바치도록 하셔서

* **옥대(玉帶)** 옥으로 만든 허리띠.

제가 가져오게 되었습니다."

왕은 놀라고 기뻐하며 오색 비단과 금과 옥 같은 보석을 용에게 주었다. 그리고 대나무를 베어서 다시 바다를 건너 육지로 돌아왔다. 왕이 육지에 도착하자마자 산과 용은 모두 사라지고 보이지 않았다.

왕은 다시 감은사에서 하루를 묵고, 17일에 궁궐로 돌아가다가 기림사 서쪽 시냇가에서 점심을 먹었다. 궁궐에 있던 태자가 그 소식을 듣고 말을 달려 시냇가에서 왕과 만났다. 태자는 찬찬히 옥대를 살펴보다가 놀라 소리를 질렀다.

"아, 이 옥대의 장식이 모두 진짜 용입니다!"

"네가 그것을 어떻게 아느냐?"

왕이 의아해서 물었다.

"장식 하나를 떼어서 물에 넣어 보면 바로 확인할 수 있사옵니다."

태자가 왼편 둘째 장식을 떼어 물에 넣었다. 그러자 장식이 갑자기 용이 되어 하늘로 올라가고, 용이 올라간 냇물은 연못이 되었다. 이런 일이 있어서 그 연못을 용연(龍淵)이라고 불렀다.

왕은 돌아와 대나무로 피리를 만들어서 나라의 창고에 보관했다. 이 피리를 불면 병이 금세 낫고, 가뭄이 들면 비가 오고, 비가 많이 올 때는 날이 개고, 바람이 잔잔해지고 물결이 가라앉았다.

왕은 이 피리를 모든 근심을 가라앉힌다는 뜻에서 만파식적(萬波息笛)이라 이름 짓고, 국보로 삼았다.

수로 부인에게 꽃을 바치다

신라 제33대 성덕왕 때의 일이다. 순정공이 강릉 태수로 부임하는 길에 바닷가를 지날 때였다. 마침 점심때가 되어 모두들 앉아서 밥을 먹고 있었다. 점심 먹는 자리 옆에는 천 길 바위 봉우리가 병풍처럼 서서 바다를 바라보고 있었다.

바위 벼랑에 마침 철쭉꽃이 활짝 피어 바라보기만 해도 아름답기 그지없었다. 순정공의 아내 수로 부인이 바위 벼랑에 핀 철쭉꽃을 보고 주변 사람들에게 말했다.

"누가 저 꽃을 꺾어다 주면 좋겠다."

그러나 주변 사람들이 모두 손을 내저으며 말했다.

"저곳은 사람의 발길이 닿을 수 없을 정도로 위험한 낭떠러지입니다. 불가능한 일입니다."

마침 그 옆으로 암소를 끌고 가던 노인이 부인의 말을 듣고 바위 벼랑으로 기어 올라가 꽃을 꺾어 왔다. 노인은 꽃을 바치며 수로 부인에게 노래를 지어 바쳤다.

자줏빛 바위 가에
잡은 암소 놓게 하시고
나를 부끄러워하지 않으신다면
꽃을 꺾어 바치겠습니다.

노래를 바치고 노인은 사라졌다.
아무도 그 노인이 누구인지 알지
못했다.

그런 일이 있고 난
뒤 이틀을 더 걸어서
일행은 임해정에 이르
렀다. 또 점심때가 되어 식
사를 하게 되었다. 그런데
갑자기 바다에서 용이 나

타나 수로 부인을 끌고 물속으로 들어가 버렸다.

난데없이 부인을 잃어버린 순정공이 어쩔 줄 몰라 하며 비틀비틀 땅바닥에 주저앉았다.

그때 또 한 노인이 나타나 말했다.

"옛날 말에 여럿이 입을 맞추면 쇠도 녹인다고 했지요. 바닷속의 짐승이라고 어찌 여러 사람의 입을 두려워하지 않겠습니까? 마을 사람들을 모두 모아 막대기로 땅을 두드리며 노래를 부르면 부인을 되찾을 수 있을 것입니다."

순정공이 노인의 말대로 하자 용이 부인을 모시고 바닷속에서 나와 돌려주었다. 순정공이 부인에게 바닷속에서 어떤 일이 있었느냐고 물었다.

"일곱 가지 보석으로 꾸민 궁전으로 갔어요. 음식을 주는데 모두 달고 향기로워서 인간 세상에서 맛보지 못한 것들이었지요."

부인은 그렇게 설명을 해 주었다. 부인의 옷에서는 세상에서 맡아 볼 수 없는, 묘한 향기가 풍기고 있었다.

수로 부인은 세상에 견줄 만한 이가 없을 정도로 아름다운 모습을 지닌 사람이었다. 그래서 깊은 산이나 연못을 지날 때면 이 세상 사람이 아닌 것들에게 붙들려 가곤 했다고 한다.

그때 마을 사람들이 막대기를 두드리며 부른 노래는 이런 것이었다.

거북아, 거북아 수로를 내놓아라

남의 부녀자 빼앗아 간 죄 얼마나 크겠느냐

만약 내놓지 않는다면

그물을 던져 잡아 구워 먹으리라

김현, 호랑이를 감동시키다

신라에서는 매년 2월 8일부터 보름까지 서울에 사는 처녀 총각들이 흥륜사에 모여 절과 탑을 돌며 소원을 비는 풍습이 있었다.

제38대 원성왕 때 김현(金現)이라는 총각이 밤새도록 탑을 돌며 소원을 빌고 있었다. 마침 김현을 따라 한 아가씨도 염불을 외우며 탑을 돌고 있었다. 탑을 돌다 보니 이심전심으로 두 사람은 사랑에 빠지게 되었다. 둘은 탑돌이를 마치고 한갓진 곳으로 가서 사랑을 나누었다.

아가씨가 집으로 돌아가려 하자 김현은 영영 헤어질까 걱정이 되어 뒤를 따라갔다. 아가씨는 한사코 거절을 했지만, 김현은 서산 기슭에 있는 아가씨의 집까지 따라갔다.

초가집으로 들어서자 할머니가 아가씨에게 물었다.

"네가 데려온 사람은 누구냐?"

아가씨는 그동안의 일을 할머니에게 털어놓았다. 이야기를 다 듣고 나자 할머니가 엄하게 말했다.

"서로 사랑한다니 좋은 일이긴 하다만, 없었던 것만은 못하구나. 이미 벌어진 일이니 어쩔 수 없겠다. 다만 네 오라비들이 혹 나쁘게 할까 봐 걱정이다. 어디 깊은 곳에 숨어 있도록 해라."

김현이 숨고 난 얼마 후, 호랑이 세 마리가 으르렁거리며 나타났다. 호랑이들은 사람의 말로 떠들어 댔다.

"집 안에 비린내가 난다. 먹을 게 있나 보다."

그 말에 할머니와 아가씨가 야단을 쳤다.

"무슨 헛소리냐. 코가 이상한가 보군."

그때 하늘에서 벼락같은 소리가 울렸다.

"네 이놈들! 너희들이 살아 있는 것들을 죽이기 좋아하니 천벌을 내리겠다. 반드시 한 놈을 죽여 본보기로 삼아야겠다."

그 소리를 듣고 호랑이 세 마리가 부들부들 떨며 어쩔 줄 몰라 했다.

"세 오라버니께서는 멀리 피해서 반성하세요. 벌은 제가 대신 받을게요."

아가씨가 말하자 호랑이들은 기뻐하며 고개를 숙이고 꼬리를 늘어뜨린 채 도망쳤다.

오라버니들이 모두 사라지자 아가씨가 김현을 보며 말했다.

"처음에는 낭군께서 우리 집에 오는 것이 부끄러워 말리고 거절했는데, 이젠 숨길 것도 없으니 다 말씀드릴게요. 낭군님과 저는 서로 다른 부류이지만 어쨌든 하룻밤 사랑을 나누었으니 부부가 된 것이 분명합니다. 세 오라버니들의 나쁜 행동은 하늘의 미움을 사 집안의 걱정거리가 되고 말았습니다. 이제 제가 그 죗값을 감당하게 되었습니다. 저는 어차피 죽을 목숨이니 다른 사람의 손이 아니라 낭군님의 칼에 죽고 싶습니다. 그것이 낭군님의 은혜에 보답하는 길이겠지요.

제가 내일 시장 거리에 가서 사람들을 해칠 것입니다. 그러면 사람들이 어쩔 줄 모를 테고, 임금께서는 높은 벼슬을 걸고 저를 잡으라고 하실 겁니다. 그때 낭군님이 북쪽 숲속까지 저를 쫓아오시면 제가 기다리고 있을게요."

아가씨의 말에 김현이 고개를 가로저었다.

"사람끼리 사귀는 것이 정상이니 서로 다른 부류인 우리가 만난 것은 비정상이 분명하오. 그러나 이미 우리는 하늘이 맺어 준 사랑하는 사이 아니오? 그런데 어떻게 짝을 죽여 벼슬을 얻을 수 있겠소. 천부당만부당한 일이오."

김현의 말에 아가씨가 다시 간절하게 부탁을 했다.

"그런 말씀 하지 마세요. 제가 죽는 것은 하늘의 명령이랍니다. 제가 바라는 일이기도 하고요. 제가 죽는 것은 낭군님께는 경사이고, 우리 가족들에게는 복이며, 다른 사람들에게는 기쁨입니다. 한 가지 일을 해서 이렇게 여러 가지 이익이 생기는데 어찌 하지 않겠습니까? 다만 제가 죽으면 저를 위해 절을 지어 주세요. 그곳에서 불경을 가르쳐 좋은 업*을 쌓게 해 주신다면 저는 더 이상 바랄 게 없습니다. 낭군님의 은혜는 잊지 않을게요."

아가씨의 말을 거절할 수 없었던 김현은 그저 부둥켜안고 울다가 헤어질 수밖에 없었다.

이튿날, 정말로 사나운 호랑이가 나타났다. 호랑이는 너무도 사나워 누구도 맞설 수 없을 정도였다.

원성왕이 그 보고를 받고 왕명을 내렸다.

"누구든 호랑이를 잡는 사람에게 2급의 벼슬을 주겠다."

김현이 대궐로 들어가 왕에게 아뢰었다.

"소신이 잡아 보겠습니다."

왕은 김현에게 먼저 벼슬을 내려 주어 격려를 했다.

김현이 칼을 들고 약속한 숲속으로 들어가자 호랑이가 아가씨로 변신하더니 웃으며 말했다.

"어젯밤 저와 나눈 사랑을 잊지 마십시오. 오늘 제 발톱 때문에

---

* **업** 불교에서, 미래의 좋고 나쁨을 결정한다고 하는 현재의 행동.

입은 상처는 흥륜사의 장을 바르고 절의 나팔 소리를 들으면 씻은 듯 나을 것입니다."

말을 마친 아가씨는 김현의 칼을 뽑아 제 목을 찔러 죽었다. 그러자 아가씨는 다시 호랑이 모습으로 돌아갔다.

김현이 숲에서 나와 거짓으로 말했다.

"이 호랑이를 쉽게 잡았도다."

그리고 아가씨의 말대로 상처 입은 사람들에게 흥륜사 장을 바르고 나팔 소리를 들려주자 모두 흉터 없이 아물었다. 지금도 민간에서는 이런 처방을 쓰곤 한다.

김현은 벼슬에 오른 뒤 호랑이의 부탁대로 절을 짓고 호랑이의 소원을 듣는다는 뜻에서 호원사(虎願寺)라고 이름을 지었다. 그리고 그 절에서 불경을 가르쳐 호랑이의 명복*을 빌었다.

세상을 뜰 나이가 되자 김현은 옛일을 생각하며 다시 감회*에 젖어 그 일을 기록으로 남겼다. 그 기록이 세상에 알려져 지금까지 이야기가 전해 온다.

* **명복** 죽은 뒤 저승에서 받는 복.
* **감회** 마음속에 일어나는 지난 일에 대한 생각이나 느낌.

처용, 아내를 잃고 노래를 부르다

신라 제49대 헌강왕 때는 서울에서 지방까지 집과 담이 이어져 있었으며, 초가집은 하나도 없이 모두 기와집이었다. 음악과 노래가 길에 가득했고, 비와 바람은 철마다 늘 순하고 조화로운 태평성대였다.

하루는 헌강왕이 바닷가에 소풍을 나갔다. 즐겁게 놀다가 돌아가려 할 무렵이었다. 갑자기 구름과 안개가 사방을 가득 에워싸서 길을 찾을 수가 없었다. 이상하다는 생각이 들어 왕이 일관을 불러 무슨 까닭인지 물었다.

"동해의 용이 조화를 부려 이렇게 된 것입니다. 용을 위로하는 좋은 일을 해야 날씨가 풀릴 것입니다."

일관의 말을 듣고 왕은 신하를 불러 근처에 용을 위한 절을 짓도록 명령했다. 그러자 그 말을 알아들었다는 듯, 자욱했던 구름과 안개가 말끔히 사라지고 사방이 맑게 개었다. 그 후로 그곳을 구름이 걷혔다고 해서 개운포(開雲浦)라고 부르게 되었다.

안개와 구름이 걷히고 나자 갑자기 동해 용이 일곱 명의 아들과 함께 나타났다. 용은 왕의 덕을 칭송하며 음악을 연주하고 춤을 추었다.

용의 일곱 아들 중 한 명이 바다로 돌아가지 않고 임금의 행차

를 따라 조정에 들어가 나랏일을 도왔다. 그 아들의 이름이 처용(處
容)이었다.

헌강왕은 처용을 위해 아름다운 여자를 아내로 맺어 주고, 급간
벼슬을 내렸다. 처용이 다시 바다로 돌아가지 못하게 하려는 의도
에서 그렇게 한 것이다.

그런데 처용의 아내는 세상에서 가장 아름다운 여자였기에 역
신*도 탐을 낼 정도였다. 어느 날 역신이 사람 모습으로 변신하여
처용의 집에서 아내와 몰래 잤다.

처용이 밖에 나갔다가 돌아와 보니 자기 부부의 잠자리에 두 사
람이 누워 잠들어 있는 것이 아닌가. 이 모습을 본 처용은 춤을 추
고 노래를 부르며 방에서 물러났다.

처용이 부른 노래는 다음과 같았다.

서울 밝은 달 아래

밤늦도록 놀다가

들어와 자리를 보니

다리가 넷이로구나

* **역신(疫神)** 천연두를 앓게 만드는 귀신.

둘은 내 것인데

둘은 누구 것인가

본래는 내 것이었는데

빼앗겼으니 어쩌리오

노래를 들은 역신이 제 모습으로 돌아가 처용 앞에 꿇어앉으며 말했다.

"내가 그대의 아내를 사모해서 몰래 함께 잠을 잤는데, 그대는 화를 내지 않고 도리어 노래를 부르고 춤을 추는군요. 그대의 도량*에 감복하지 않을 수 없습니다. 앞으로 저는 처용 당신의 얼굴을 그려 놓은 것만 보아도 그 집에 다시는 들어가지 않겠습니다."

이런 일이 일어난 후부터 사람들은 처용의 얼굴을 대문에 붙여 천연두를 예방하는 방법으로 삼았다고 한다.

* **도량** 너그럽게 받아들이고 깊게 이해할 수 있는 마음과 생각.

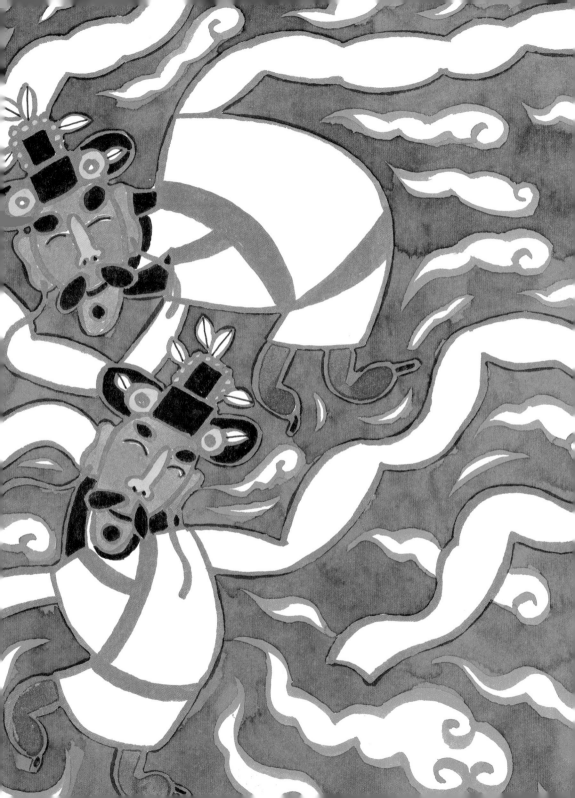

부처와
하늘의 도움을
받은 이야기

조신, 한바탕 꿈으로 일생을 살다

옛날 신라 시대에 세달사라는 절의 농장이 명주* 내리군에 있었다. 세달사에서는 조신이라는 스님을 그 농장 관리자로 보냈다. 농장에서 일하던 조신은 그곳 태수인 김흔공의 딸을 짝사랑하게 되었다.

조신은 낙산사 관음보살께 자신의 사랑이 이루어지게 해 달라고 몰래 기도를 했다. 열심히 기도를 올렸지만, 불행하게도 태수의 딸은 다른 남자에게 시집을 가게 되었다는 소문이 들려왔다. 그 말을 들은 조신은 불당 안 관음보살 앞에 엎드려 소원을 들어주지 않았다고 원망하며 울었다.

울다 보니 어느새 날이 저물고, 조신은 슬픔에 지쳐 그만 깜빡 잠이 들고 말았다. 그런데 꿈속에서 태수의 딸이 방실방실 웃으며 문을 열고 들어오더니 조신 앞에 앉는 것이 아닌가.

* **명주** 지금의 강원도 강릉 지역.

"제가 전에 잠깐 스님을 만나 뵌 적이 있지요. 그 후부터 자나 깨나 스님의 모습만 떠올라 사모하는 마음이 가득했습니다. 부모님의 뜻에 따라 다른 남자에게 시집가야 할 처지가 되었지만, 모든 것을 팽개치고 스님과 부부가 되고 싶어 이렇게 찾아왔습니다."

그 말을 들은 조신은 뛸 듯이 기뻐하며 태수의 딸을 데리고 고향으로 돌아갔다.

고향에서 두 사람은 40년이 넘도록 부부로 살며 자식 다섯을 두었다. 그러나 마땅한 재산도 없고 일거리도 흔하지 않아, 끼니도 제대로 챙길 수 없는 형편이었다.

도저히 견딜 수 없었던 부부는 자식들을 데리고 고향을 떠나 사방을 떠돌며 근근이 입에 풀칠을 했다. 10년을 그렇게 떠돌이 생활을 하다 보니 옷은 다 찢어져 몸뚱이를 가리기도 힘들 정도였다.

명주 해현령 고개를 넘을 때였는데, 열다섯 살 먹은 큰아이가 갑자기 굶어 죽었다. 부부는 통곡을 하며 길가에 아이를 묻었다. 지친 몸으로 남은 네 아이를 데리고 우곡현에 이르러 더는 움직일 힘조차 없게 되자, 길가에 풀로 대충 집을 짓고 살았다.

이미 부부는 늙고 병까지 들어 움직일 수조차 없었다. 그래서 열 살 먹은 딸아이가 마을을 돌아다니며 구걸을 해서 겨우 살아갔다.

그런데 어느 날 구걸을 하던 아이가 마을의 큰 개에게 물려 드러눕고 말았다. 아파 누운 아이를 보며 부부는 목이 메고 눈물이 마르지 않았다. 한참을 울고 난 후 부인이 조신에게 말했다.

"제가 처음 당신을 만났을 때는 아름답고 젊었을 뿐 아니라 옷도 깨끗하고 많았지요. 맛있는 음식이 있으면 늘 당신과 나누어 먹었고, 많지 않은 옷가지라도 따뜻한 것이면 당신과 나누어 입었어요. 함께 산 50년 동안 정은 더 두터워지고 서로에게 거슬리는 행동을 하지도 않았지요. 서로에게 은혜와 사랑이 깊었으니 이만하면 인연이 두텁다고 할 만해요.

그런데 요즘 들어 몸은 약해지고 자주 병에 걸리게 되었어요. 춥고 배고파도 비비고 들어가 잘 방 한 칸 제대로 없고, 변변치 않은 음식도 사람들에게 얻어먹기 힘든 처지가 되고 말았어요. 남의 집 문을 두드려 빌어먹어야 하니 부끄러움이 산보다 더 무겁네요. 아이들이 추위에 떨고 굶주려도 보살필 경황이 없는데 우리 부부가 서로 사랑하고 아껴 주는 마음이 생길 틈이나 있겠어요?

고운 얼굴에 환한 웃음은 풀잎 위의 이슬 같았고, 평생 해로하자던 난초처럼 향기로운 약속도 바람에 날리는 버들가지가 되고 말았어요. 당신에게 나는 걱정거리이고, 나에게 당신은 근심거리가 되었지요.

곰곰 지나온 날들을 생각해 보니, 우리가 걸어온 길은 근심을 향해 가는 계단이었어요. 우리가 어쩌다 이런 지경에 이르렀는지요? 여러 마리 새가 모두 굶주리는 것보다는 한 마리 새로 살면서

그냥 그리워하는 게 낫지 않겠어
요? 추우면 가까이하고 더우면 떨
어지는 것이 인지상정이지요. 차
마 할 도리는 아니겠지만, 가고 멈
추는 것은 사람이 마음대로 할 수
있는 일이 아니고, 헤어지고 만나
는 것은 운명이니, 우리 이제 그만
헤어집시다."

아내의 말을 듣고 조신은 오히
려 기뻐했다. 두 사람은 각자 아이
둘씩을 나누어 맡기로 했다.

헤어지려 할 때 아내가 말했다.

"나는 고향으로 갈 테니 당신은
남쪽으로 가세요."

　서로 이별을 하고 길을 떠나려는 순간
조신은 잠에서 깨어났다. 등불은 금방 꺼질
듯이 희미해져 있었고, 밤은 이미 다 지나
아침이 가까이 오고 있었다.

　거울을 보니 하룻밤 사이 조신의 수염과 머
리카락은 새하얗게 변해 있었다. 조신은 멍하니 자
신의 모습을 바라보았다.

　조신의 마음속에는 인간 세상의 일이 모두 덧없
게 느껴졌다. 괴롭고 힘든 꿈속의 삶을 돌이켜 보니
지긋지긋한 느낌이 들었다. 마치 일생의 고통을 하
룻밤에 다 겪어 본 것 같았다. 세속의 욕망을 탐내는
일도 얼음 녹듯이 사라졌다. 조신은 부끄러운 마음
으로 관음보살상을 바라보며 뉘우쳤다.

　조신은 해현령에 가서 큰아이를 묻었던 무덤을

파 보았다. 무덤 속에는 아이 대신 돌로 만든 미륵상이 묻혀 있었다. 조신은 미륵불을 물로 깨끗이 씻어 이웃 절에 모셔 두고 서울로 돌아가 농장 일을 그만두었다.

그 후 조신은 재산을 다 털어 정토사라는 절을 세우고 좋은 일에 앞장섰다. 그가 어디서 세상을 떴는지는 알 수 없다.

조신에 대한 글을 읽고 나서 곰곰 생각해 보니 어찌 조신의 꿈만 그럴까? 현실의 즐거움만 좇아 기뻐하고 애쓰지만 이런 행동은 모두 깨닫지 못하는 데서 비롯되는 것이다. 그래서 시 한 편을 써서 경계로 삼는다.

즐거움은 잠시, 마음은 곧 싫증 내다가
어느새 근심만 하며 늙어 버리는구나.
좁쌀밥 익기를 기다리지 않고도
괴로운 인생은 모두 꿈인 걸 깨달았네.

수행이 잘되고 못되는 것은 성실한 마음에 달렸는데
홀아비는 미인을, 도둑은 창고를 꿈꾸지.
어떻게 하면 가을밤 서늘한 꿈처럼
때때로 눈 감으면 맑고 시원해질까?

노힐부득, 관음보살을 만나 부처가 되다

신라 구사군* 북쪽에 백월산이 있다. 산의 남동쪽 삼천 걸음쯤 밖에 선천촌이라는 마을이 있었는데, 그 마을에 노힐부득과 달달박박이라는 사람이 살았다. 두 사람은 생김새가 비범하고 품은 뜻도 깊어 늘 세속*을 벗어난 삶을 살기를 원했다.

두 사람은 스무 살이 되자 머리를 깎고 스님이 되었다. 스님이 된 후 두 사람은 서남쪽 승도촌이라는 마을로 이사하였다. 둘 다 결혼을 하였기에 도를 닦으면서 생계를 꾸리는 일도 병행했다. 뜻이 맞은 노힐부득과 달달박박은 서로 오가며 우의를 다졌고, 함께 수양도 했다. 늘 마음을 편안하게 가지려 했고, 속세를 떠나 더 깊은 뜻을 추구하기를 원했다. 몸과 세상이 다 덧없다고 생각하며 서로에게 속생각을 털어놓았다.

"땅이 기름지고 풍년이 들면 정말 좋지만, 옷과 음식이 저절로 생겨 배부르고 따스한 것만은 못하다. 아내가 있는 집이 좋기는 하지만, 절에서 부처님과 함께 지내며 앵무새와 공작새를 보고 즐거워하는 것만은 못하다. 불도를 공부하면 마땅히 부처가 되어야 하

---

* **구사군** 지금의 경상남도 창원 지역.
* **세속** 불가에서 일반 사회를 이르는 말. 속세.

고, 진리를 수양하면 진리를 얻어야 하지 않겠는가. 지금 우리는 머리를 깎고 중이 되었으니 몸에 얽매인 것을 버리고 최고의 도를 깨우쳐야 마땅하지, 어떻게 세속에 묻혀 보통 사람들과 똑같이 지낼 수 있겠나?"

두 사람은 마침내 속세를 벗어나 깊은 산골에 들어가 도를 닦으며 살자고 약속했다. 그날 밤, 두 사람은 하얀 빛이 다가오더니 금빛 팔이 머리를 쓰다듬어 주는 꿈을 똑같이 꾸었다.

그 후 두 사람은 백월산 무등곡으로 들어가 수도를 했다. 달달박박은 골짜기 북쪽 사자암에 판자로 여덟 자 방을 짓고 살았다. 노힐부득은 동쪽 돌무더기 아래의 물가에 열 자 방을 지었다. 작은 암자에서 노힐부득은 미륵불을, 달달박박은 아미타불을 마음에 품고 열심히 도를 닦았다.

그렇게 도를 닦은 지 3년이 가까워지는 어느 날 저녁이었다. 스무 살 남짓 되어 보이는 한 여자가 달달박박의 암자로 찾아왔다. 아가씨는 아름다운 얼굴이었으며 몸에서는 난초의 향기가 풍겼다. 아가씨는 하룻밤 재워 달라고 부탁을 하며 시를 한 수 읊었다.

나그네 가는 길 해 저물고 산 어두워라

길 막히고 성은 먼데 마을도 없네

오늘 밤은 이곳에서 묵어 가려니

자비로운 스님이여 성내지 마시라

시를 듣고 달달박박은 손을 내저었다.

"사찰은 깨끗해야 하는 곳이니 그대 같은 아녀자가 묵을 곳이 아니오. 더는 머물지 말고 어서 떠나시오."

달달박박은 문을 닫고 들어가 버렸다.

아가씨는 달달박박의 암자를 떠나 노힐부득의 암자로 갔다. 다늦은 시간에 찾아온 아가씨를 보고 노힐부득이 물었다.

"이 밤중에 어디서 오는 길이오?"

아가씨가 진지한 얼굴로 대답했다.

"고요함과 우주는 본래 하나인데, 오고 가는 것에 무슨 구별이 있겠습니까? 저는 그저 스님께서 덕이 높고 뜻이 깊고 굳다고 하니 깨달음을 이루도록 돕고 싶을 뿐입니다."

아가씨는 이번에도 시를 한 수 읊었다.

해 저문 깊은 산길
가도 가도 사방에 인가는 없네
소나무와 대나무 숲 더욱 어둑하고
시냇물 소리만 새로워라
하룻밤 묵고 가자는 건 길을 잃어서가 아니라

스님에게 길을 가르쳐 주려는 것이니

내 부탁만 들어주면 될 뿐

굳이 내가 누구인지 묻지는 마시오

시를 들은 노힐부득은 깜짝 놀랐다.

"아녀자가 묵을 만한 곳은 아니지만 중생*의 처지를 보살피는 것도 수행자의 도리지요. 더구나 깊은 산골에 날마저 어두우니 소홀하게 내칠 수야 있겠습니까?"

노힐부득은 아가씨를 암자 안으로 맞아들였다. 아가씨를 재우고 노힐부득은 흔들리는 마음을 다잡으며 밤새도록 염불을 외웠다. 그런데 새벽이 가까워 오자 갑자기 누워 있던 아가씨가 노힐부득에게 말했다.

"제가 곧 아기를 낳을 듯합니다. 짚으로 자리를 깔아 주십시오."

아가씨인 줄 알았는데 갑자기 아기를 낳을 것 같다는 말에 노힐부득은 불쌍한 생각이 들어 거절하지 못하고, 부탁대로 준비를 해 주고 촛불도 밝혀 놓았다.

아가씨가 아기를 낳은 뒤 이번에는 목욕을 시켜 달라고 부탁했다. 부끄럽고 두려운 마음이 들었지만, 한편으로는 불쌍한 생각이

* **중생** 불교에서 생명이 있는 모든 생물을 가리킴.

더 커 노힐부득은 목욕통을 준비하고 아가씨를 앉혔다.

물을 데워다 아가씨를 목욕시키는데, 진한 향기가 풍겨 오기 시작했다. 향기는 목욕물에서 풍기는 것이었다. 얼마 후 향기롭던 목욕물이 갑자기 금빛으로 변하기 시작했다. 노힐부득이 깜짝 놀라자 아가씨가 말했다.

"놀라지 마시고 스님도 이 물로 목욕을 하십시오."

신비롭고 두려운 마음이 들어 노힐부득은 아가씨가 시키는 대로 그 물로 목욕을 했다. 그러자 정신이 상쾌해지고 피부가 금빛으로 변하기 시작했다.

목욕을 하다가 옆을 보니 어느새 연화대*가 생겨 있었다. 아가씨는 노힐부득에게 연화대에 앉으라고 권한 뒤 말했다.

"나는 관세음보살이라오. 대사*를 도와 큰 깨달음을 이루게 하기 위해 이곳에 왔소."

그 말이 끝나자 관세음보살은 갑자기 사라졌다.

한편 달달박박은 노힐부득이 분명 파계*를 했을 것이라 생각하고 놀려 주려고 찾아갔다. 그런데 암자에 찾아가 보니, 노힐부득은 미륵보살이 되어 연화대에 앉아 있었다. 그의 황금색 몸에서는 빛

* **연화대** 연꽃 모양으로 만든 불상의 자리.
* **대사** 승려를 높여 이르는 말.
* **파계** 불교 신자가 지켜야 할 규범을 지키지 않고 어김.

이 나고 있었다. 달달박박은 자신도 모르게 머리를 숙여 절하고 물었다.

"어떻게 해서 미륵불이 되셨습니까?"

노힐부득은 자신이 겪은 일을 자세하게 털어놓았다. 다 듣고 난 달달박박은 탄식을 했다.

"내가 어리석어 부처님을 만났으면서도 만나지 못한 꼴이 되고 말았군요. 덕이 크고 어진 스님이 저보다 먼저 도를 깨우치셨으니, 옛 인연을 생각해서 저도 깨우치도록 도와주십시오."

노힐부득이 빙그레 웃으며 목욕통을 가리켰다.

"금으로 된 물이 아직 남았으니 목욕을 하시지요."

남은 물로 목욕을 하자 달달박박도 부처가 되었다. 달달박박은 아미타불이 되었다.

마을 사람들이 그 소문을 듣고 앞다퉈 찾아와 보고 감탄했다.

"세상에, 정말 깜짝 놀랄 일입니다."

두 부처는 사람들에게 불법의 진리를 설명하고 난 뒤 구름을 타고 사라졌다.

신라 제35대 경덕왕이 왕위에 오른 뒤 이 이야기를 듣고 두 스님이 살던 백월산에 큰 절을 지었다. 절 이름을 백월산남사(白月山南寺)라고 했다. 절을 완공할 때 미륵불상을 만들어 금당에 모시고, 아미타불상을 만들어 강당에 모셨다. 그런데 달달박박은 목욕을 할 때 물이 모자라 몸에 골고루 바르지 못해서 아미타불상에 얼룩이 흔적처럼 남아 있었다.

이 이야기를 듣고 나는 이런 생각이 들었다.

아가씨는 여자의 몸으로 변해 중생을 교화*했으니, 《화엄경》에 나오는 마야 부인* 같은 존재다. 아가씨가 아기를 낳은 일도 바로 부처님을 낳은 마야 부인과 같은 의미를 지니고 있는 것이다. 아가씨가 읊은 시도 애절하고 부드러우며 사랑스러워 하늘나라 선녀의 자취가 있다.

이 이야기를 바탕으로 나도 이런 시를 지어 세 분을 기리고자 한다.

* **교화** 부처의 진리로 사람을 가르쳐 착한 마음을 가지게 함.
* **마야 부인** 석가모니의 어머니.

물방울 푸르게 바위 문에 떨어지는 소리

누구인가, 해 저문 날 구름의 문을 두드리는 이

다른 암자가 멀지 않으니 그리로 가시고

내 뜰의 푸른 이끼는 밟아 더럽히지 마시오

해 다 저무는데 어디로 가시겠소

창 아래 빈자리에 머물다 가십시오

백팔 염주 밤새도록 굴리고 있으니

그 소리에 나그네 잠 못 들까 걱정스럽네

십 리 소나무 그늘에 길을 잃고 헤매다

밤중에 절에 들어 스님을 시험했네

목욕 세 번 하니 새벽이 오려는데

두 아이 낳아 놓고 서쪽으로 떠난다네

손순, 아이를 묻으려 하다

손순(孫順)은 신라 모량리에 살았다. 아버지가 돌아가시자 아내
와 함께 남의 집 품팔이를 해서 늙은 어머니를 모셨다.

그에게는 어린 자식이 있었다. 아이는 할머니가 드실 것을 빼앗아 먹곤 했다. 이것을 본 손순이 아내에게 말했다.

"아이는 다시 낳을 수 있지만 어머니는 다시 얻을 수 없는 법이오. 그런데 아이가 음식을 빼앗아 먹어 어머니가 늘 심하게 굶주려 계시니 그냥 두고 볼 수가 없소. 아이를 묻어 버리고 어머니가 편히 드시게 하는 게 좋겠소."

그렇게 결정한 손순은 아이를 업고 북쪽 들판으로 나가 묻을 땅을 파기 시작했다. 한참을 파다 보니 쟁기 끝에 무언가 부딪치는 소리가 났다. 조심스레 파 보니, 그것은 돌로 만든 종이었다.

이상하게 여긴 부부는 돌종을 나무에 매달아 놓고 두드려 보았다. 종소리는 은은하고 맑아 듣기에 더할 나위 없이 좋았다.

"이 종을 얻은 것은 어쩌면 우리 아이의 복인지도 모릅니다. 묻지 말고 돌아가십시다."

아내의 말에 손순도 고개를 끄덕이며 아이와 종을 가지고 집으로 돌아갔다.

손순은 집의 천장 들보*에 돌종을 매달아 놓고 오가며 치곤 했다. 그 종소리가 대궐에까지 들렸다.

종소리를 들은 제42대 흥덕왕이 신하들에게 명령을 내렸다.

* **들보** 기둥과 기둥을 연결하기 위하여 그 사이에 가로질러 놓는 큰 기둥.

"서쪽 대궐 밖에서 맑고 은은한 종소리가 들리곤 하는구나. 다른 종소리보다 훨씬 듣기 좋으니 어서 가서 어떤 종인지 조사해 오거라."

관리가 자세한 사정을 조사해 왕에게 보고하자, 왕이 말했다.

"옛날에 한나라 곽거가 어머니 봉양을 위해 자식을 땅에 묻으려 하다가 황금 솥을 얻었다더니, 우리나라에서는 손순이 아이를 묻으려다가 돌종을 얻었구나. 옛날의 효와 지금의 효를 모두 하늘이 보살펴 주는 것이로다."

왕은 손순에게 집을 한 채 상으로 내리고, 해마다 벼 50석을 주며 그의 효심을 본보기로 삼았다.

새로이 집을 얻은 손순은 예전 집을 절로 내놓았다. 그 절 이름을 홍효사(弘孝寺)라 했다. 그리고 돌종을 그 절에 잘 모셔 두었다.

그 뒤 제51대 진성왕(진성 여왕) 때 후백제의 침입으로 종은 없어지고 절만 남아 있다.

삼국유사

물음표로
따라가는
인문학 교실

고전으로 인문학 하기

고전을 읽으며 생겨나는 여러 질문에 답하며,
배경지식을 얻고 인문학적 감수성을 키워요.

고전으로 토론하기

고전을 다양한 시각으로 바라보며,
다르게 생각하는 힘을 길러요.

고전과 함께 읽기

함께 소개하는 다양한 작품을 통해,
인문학적 사고의 폭을 넓혀요.

고전으로 인문학 하기

● 《삼국유사》와 《삼국사기》는 어떻게 다를까?

　《삼국유사》와 《삼국사기》는 지금까지 전해지는 가장 오래된 우리나라 역사책입니다. 둘 다 삼국 시대와 남북국 시대*를 다루고 있어요. 다루는 시대도 같고 역사책이라, 두 책이 비슷하다고 생각하기 쉽지만 다른 점도 많아요.

　《삼국유사》와 《삼국사기》 중 어느 것이 먼저 세상에 나왔을까

* **남북국 시대** 통일 신라와 발해가 있던 시대

▲《삼국유사》

▲《삼국사기》

요?《삼국사기》는 고려 인종 23년(1145)에 편찬*됐어요. 지은이는 학자인 김부식(1075~1151)이지요. 그리고《삼국유사》는 고려 충렬왕 7년(1281)에 스님이었던 일연(1206~1289)이 펴냈어요. 두 책 사이에는 136년의 차이가 있지요. 김부식과 일연은 살아서는 한 번도 만난 적이 없는 사이랍니다. 하지만 두 사람의 저서인《삼국사기》와《삼국유사》는 마치 라이벌처럼 여겨지고 있습니다.

사실, 김부식의 진짜 라이벌은 따로 있어요. 그들은 같은 시대를 살았던 정치가이면서 시인이었던 정지상(?~1135)과 스님인 묘청(?~1135)입니다.

김부식은 훈구 귀족* 출신이에요. 김부식의 증조할아버지는 고

* **편찬** 여러 가지 자료를 모아 체계적으로 정리하여 책을 만듦.
* **훈구 귀족** 오래전부터 공이 있는 귀족.

려를 건국한 태조 왕건의 신하로, 고려 개국 공신이었지요. 그래서 왕건은 그에게 경주를 다스리게 했습니다.

김부식은 비록 과거에 급제하여 벼슬에 나오기는 했지만, 일생 동안 훈구 귀족의 대표로 권력을 휘둘렀어요. 훈구 귀족은 기본적으로 현재의 상태를 유지하려는 보수적인 입장에 설 수밖에 없었지요. 따라서 김부식은 공자와 맹자를 배워야 하고, 임금에게 충성을 해야 한다는 유교적 틀 속에서 세상을 바라볼 수밖에 없었답니다. 그리고 경주 출신인 그는 역사를 보는 관점도 신라 중심이었지요.

그런데 같은 시기, 다른 역사관을 지닌 사람들이 있었어요. 대표적인 사람이 바로 정지상과 묘청이었어요. 정지상과 묘청은 고향이 서경이었어요. 서경은 지금의 평양이랍니다.

정지상과 묘청은 수도를 개경에서 서경으로 옮기고, 당시 중국을 지배하고 있던 금나라에 대항하여 자주적인 정책을 펼치자고 주장했어요. 즉 왕이라는 칭호를 중국과 대등하게 황제로 하고 독자적인 연호*를 쓰자고 했지요.

현재 상태를 유지하고 중국에 사대*적 입장에 서야 한다는 보

* **연호** 임금이 즉위한 해에 붙이던 칭호.
* **사대(事大)** 작은 나라가 큰 나라를 섬김.

수적인 김부식 세력과 개혁을 통해 새로운 세계를 건설하고 중국에 자주적인 정책을 펴야 한다는 정지상과 묘청의 세력은 맞부딪쳐 싸울 운명에 서 있었답니다.

김부식 세력은 왕에게 압력을 넣었고, 묘청 등은 일이 자신들의 뜻대로 풀리지 않자 반란을 일으킵니다. 김부식은 스스로 반란군 토벌대장이 되어 묘청과 정지상 세력을 굴복시키고 자신의 권력을 더 굳세게 만들어요.

이 싸움은 보수적이고 사대적인 세력이 개혁적이고 자주적인 세력을 굴복시킨 사건이라고 할 수 있어요. 일제 강점기 때 독립운동가이고 역사가였던 단재 신채호(1880~1936) 선생은 묘청 세력이 김부식 세력에게 패한 이 사건을 우리 역사상 가장 비극적인 일이라고 평가하기도 했지요. 이 일을 계기로 우리는 중국에 자주적인 목소리를 낼 기회를 잃게 되었다는 얘기랍니다.

더구나 《삼국사기》는 김부식이 묘청의 난을 평정하고 권력을 장악한 이후 왕명을 받아 쓴 책입니다. 그렇기에 민심을 수습하고 왕의 체제를 강화하며 유교 정치를 확립하려는 의도가 있었지요. 책의 체재도 중국의 역사 서술 방식을 본떠 기전체*로 했답니다.

---

* **기전체** 보통 왕의 정치와 관련된 기사인 '본기(本紀)'와 신하들의 개인 전기인 '열전(列傳)'이 실리므로 이를 따서 기전체라 한다. 중국 사마천의 《사기》에서 비롯됨.

그렇다면 일연의
《삼국유사》는 어떤 생
각으로 쓴 역사책일
까요?

일연이 《삼국유사》
를 쓸 무렵은 '무신의
난' 이후 원나라의 침입
을 받아 간섭받던 시기예
요. 무신의 난은 1170년에
무신들이 일으킨 반란이에요. 고려를 건국하고 지켜 내는 데 큰 역
할을 했지만 무신들은 문신들에 비해 차별을 받았어요. 벼슬도 3품
까지만 올라갈 수 있었고, 공을 세워도 문신에 비해 상이 낮았지요.
그런 차별에 불만을 품은 무신들이 힘으로 정권을 장악한 것이 무
신의 난이에요. 이후 100여 년간 무신들이 정치를 마음대로 하는
무신 정권이 이어졌답니다.

이런 시기였기 때문에 일연은 당시 사회에 대한 반성과 정신적
인 중심을 세우기 위한 방법으로 역사책을 쓰게 되었다고 할 수 있
어요. 무신 정권 후의 혼란한 사회에 대하여 되돌아보고 역사를 통
해 민족의 자긍심을 높이려는 목적이었던 셈이지요.

《삼국유사》가 《삼국사기》와 다른 점이 여기에 있어요. 《삼국사

기》가 기존 체제를 유지하려는 의도였다면, 《삼국유사》는 민족의 뿌리를 찾는 역할이었던 것이지요. 일연은 중국의 역사 서술 방식을 따르지 않고, 관심 있는 역사적 주제들을 자유롭게 썼어요. 그래서 《삼국유사》에는 신화나 전설도 담겨 있고 신라 시대에 유행했던 향가 같은 문학 작품들도 실려 있지요. 역사뿐만 아니라 문학이나 민속학의 중요한 연구 자료이기도 합니다.

특히 일연의 신분이 스님이었기 때문에 불교나 절에 대한 이야기가 많아요. 《삼국사기》가 유교적 세계를 바탕으로 하고 있다면, 《삼국유사》는 불교적 세계에 바탕을 두고 있다는 점에서도 많이 다르지요.

또 《삼국사기》가 신라 중심이라면, 《삼국유사》는 고구려에 더 중심을 두고 있어요. 원나라의 간섭을 받던 상황에서 민족의 자긍심을 심어 줄 역사가 무엇보다도 중요했기 때문에 신라 중심에서 고구려와 백제, 부여 등을 포괄하는 역사의 확대가 필요했다고 할 수 있지요.

중국에 대해 자주적 의

식을 가지고 있다는 점에서, 김부식의 손에 죽은 정지상이나 묘청을 이어받은 역사책이 바로 《삼국유사》라고 할 수 있어요. 그러니 김부식과 일연은 한 번도 만나지 못한 사이지만, 역사의 또 다른 라이벌이라고 볼 수 있지요.

이런 차이가 있지만, 《삼국사기》와 《삼국유사》는 우리나라 삼국 시대와 남북국 시대를 연구하는 데 어느 하나도 뺄 수 없는 중요한 자료랍니다.

● 처용은 왜 아내를 빼앗기고도 노래를 불렀을까? – 향가

《삼국유사》에는 중요한 문학적 자료가 많아요. 그중에서도 신라 시대의 중심 문학이었던 '향가(鄕歌)'가 여러 편 수록되어 있답니다.

향가는 한마디로 신라 시대의 노래예요. 물론 고려까지도 이어지긴 했지만, 가장 널리 불렸던 시기는 신라이지요. 향가는 현재 25수가 전해져요. 《삼국유사》에 14수, 균여 스님의 전기인 《균여전》에 11수가 전해지고 있어요.

향가가 다루고 있는 세계는 한마디로 정의 내릴 수 없을 정도로 다양해요. 겨우 25편 전해질 뿐이지만, 전해지는 작품들도 일정한 내용만 담고 있지는 않거든요.

훗날 백제 무왕이 된 서동이 선화 공주를 아내로 맞기 위해 불

렀던 〈서동요〉는 아주 짧은 향가예요.

> 선화 공주님은
> 남몰래 사랑을 한다네
> 밤이면 서동을
> 몰래 안고 간다네

　서동은 선화 공주를 아내로 맞기 위해 일부러 신라의 수도인 경주로 가서 이 노래를 널리 퍼트려요. 노래는 말보다 전파력이 빠르고 널리 퍼진다는 점을 이용한 것이지요. 지금으로 치면 대중가요를 만들어 세상에 퍼트린 셈이랍니다.

　네 줄로 되어 있는 이런 향가를 '4구체'라고 해요. 수로 부인이 강릉 태수로 부임하는 남편을 따라가다 만났던 노인이 부른 〈헌화가〉나 〈풍요〉*, 〈도솔가〉* 등이 4구체의 짧은 향가에 속하지요.

　또 다른 형식으로는 8구체가 있어요. 8구체 향가는 〈처용가〉와 〈모죽지랑가〉* 두 편만 전해집니다. 8구체의 향가는 4구체에서 발

---

* **〈풍요〉** 신라 선덕 여왕 때의 향가. 영묘사의 불상을 만들 때 흙을 나르던 아낙네들이 함께 불렀다는 노동요.
* **〈도솔가〉** 신라 경덕왕 19년(760)에 월명사가 지은 향가. 4월 초하룻날 두 개의 해가 나타나는 사건이 일어났는데, 이 노래를 지어 부르자 사라졌다고 한다.
* **〈모죽지랑가〉** 신라 효소왕 때, 화랑 죽지랑을 사모하여 그를 따르던 득오가 지은 향가.

전하여 10구체로 나가는 중간 단계의 작품이라고 하지요.

〈처용가〉는 동해 용왕의 아들인 처용이 아내와 다른 남자가 누워 있는 것을 보고 부른 노래예요.

서울 밝은 달 아래
밤늦도록 놀다가
들어와 자리를 보니
다리가 넷이로구나
둘은 내 것인데
둘은 누구 것인가
본래는 내 것이었는데
빼앗겼으니 어쩌리오

처용은 용왕의 아들이니 아
내를 뺏어 간 역신을 힘으로 이
길 수 있었을 거예요. 그런데
처용은 힘 대신 노래로 역신을
감동시키죠. 그 뒤 천연두를 막
기 위해 사람들은 처용의 모습

▲ 처용의 가면을 쓰고 추는 처용무

을 그려 대문에 붙였다고 해요. 역신은 천연두를 옮기는 신이거든
요. 따라서 〈처용가〉는 주술적인 의미를 지니고 있는 작품이에요.

한편, 처용이 누구냐를 놓고 여러 가지 주장들이 있어요. 무당이라는 설과 아라비아 상인이라는 설, 중앙 정부에 인질로 와서 살게 된 지방 호족의 아들이라는 설 등이 있지요. 이 주장들의 공통점은 처용이 주술적 능력을 지닌 다른 지역 사람이라고 할 수 있어요.

남아 있는 대부분의 향가들은 10구체예요. 그래서 10구체를 완성된 형식의 작품이라고 하지요. 10구체 향가들은 대부분 스님들이 지었거나 불교적 내용을 담고 있어요. 신라의 종교가 불교였고, 향가의 주요 창작층이 스님들이었다는 것을 짐작할 수 있지요.

그런데 한글이 만들어지기 전인데 향가는 어떻게 표기*했을까요? 향가는 한자를 빌려다 우리 발음을 적어 썼어요. 이런 표기법을 '향찰(鄕札)'이라고 하는데, 〈헌화가〉의 앞 두 구를 원래 어떻게 적었는지 살펴볼까요?

紫布岩乎邊希(자포암호변희)
執音乎手母牛放敎遣(집음호수모우방교견)

몇 개만 해석해 보면, 첫 구에서 '邊希'는 가장자리 변(邊)에 바랄 희(希)예요. 여기서 변은 뜻인 '가'로, 희는 음인 희에서 '~에'로

* **표기** 적어서 나타냄.

쓰였지요. 그래서 해석은 '가에'로 해요. 즉 첫 구는 '자줏빛 바위 가에'로 해석되지요.

둘째 구의 '母牛'는 암컷을 뜻하는 모(母)와 소를 뜻하는 우(牛)예요. 母나 牛 모두 뜻을 사용해서 암소라고 해석해요.

이처럼 어떤 것은 한자의 뜻을, 어떤 것은 음을 사용해서 우리말을 표기한 것을 향찰이라고 합니다. 향가는 향찰의 방법으로 한자를 빌려다 우리말을 적었지요. 그래서 향가를 보면 우리 문자가 없는 한계를 극복한 조상들의 지혜도 엿볼 수 있답니다.

● 신화와 전설, 민담은 어떻게 다른가?

지금은 대부분의 문학이 활자로 출판되거나 인터넷으로 전파되어요. 하지만 문학이 꼭 글자로 전해지는 것만은 아니에요. 문자가 없었던 시기에도 문학은 존재했고 다양한 방법으로 전파되기도 했지요.

문자로 전해지는 문학을 '기록 문학'이라 하고, 문자가 아닌 말 즉 입에서 입으로 전해지는 문학을 '구비 문학'이라고 합니다. 구비 문학이라는 말 대신 '구전 문학'이라고 하기도 해요. 구전(口傳)은 입으로 전해진다는 뜻이지요. 구비 문학을 말로 전하는 사람을 전승자라고 해요.

구비 문학에는 이야기인 설화(說話), 민중의 노래인 민요, 무당의 노래인 서사 무가, 노래로 만든 이야기인 판소리, 광대들의 연극인 민속극, 속담이나 수수께끼 같은 것들도 포함돼요.

《삼국유사》에 실려 있는 이야기들은 대부분 구비 문학 중에서도 설화에 속해요. 설화는 세 분류로 나눌 수 있어요. 신화(神話)와 전설(傳說), 민담(民譚)이지요.

신화와 전설, 민담은 어떻게 다를까요? 《삼국유사》에 실려 있는 이야기들은 이 셋 중 어디에 속할까요?

신화는 말 뜻대로 신들의 이야기이거나 신성한 이야기예요. 그래서 신화에는 신성성이 바탕에 깔려 있지요. 이야기도 신성하지만, 전승자도 신성하다는 것을 믿고 이야기를 전한답니다. 그 이야기가 진실이냐 아니냐는 신화에서는 의미가 없어요. 진실보다는 신성성이 더 중요하기 때문이지요.

신화에는 건국 신화, 무속 신화 등이 있어요. 《삼국유사》에서 나라를 세운 이야기들은 건국 신화에 속해요. 단군이 고조선을 세운 이야기와 주몽이 고구려를 세운 이야기가 대표적인 우리나라 건국 신화지요.

그러면 전설은 무엇일까요? 전설은 구체적인 장소나 인물과 관련된 이야기예요. 신화가 신과 인간 세상이 관련된 이야기라면 전설은 인간 세상의 이야기예요. 전설의 무대는 인간 세상 중에서도 어느 특정한 지역이지요.

《삼국유사》에는 절이나 어느 지역
에 대한 이야기가 많아요. '연오랑과
세오녀' 이야기에서 유래된 영일현이
라는 지명이나, '조신 설화'에서 조신
이 세운 절 정토사, '노힐부득과 달달

▲ 포항에 있는 연오랑 세오녀상

박박'에서 경덕왕이 두 스님을 기려 세운 절 백월산남사 등은 모두
이야기의 증거로 가져온 구체적인 증명들이에요.

이처럼 전설은 증거물이 있어요. 이야기를 전달하는 전승자나
듣는 사람이나 모두 진실이라고 믿고 있지요. 실제로 진실인지 아
닌지는 아무 의미가 없어요. 전설의 진실성은 전승자나 듣는 이가
그렇게 믿고 있다는 것뿐이에요. 신화처럼 신성하다고 여기지는
않지만, 진실이라고 믿고 있는 이야기가 전설이지요. 《삼국유사》
에 실려 있는 대부분의 이야기들은 전설이라고 할 수 있어요.

민담은 전설과 분명하게 구분되지는 않지만, 대체로 구체적인
증거물이 없는 이야기라고 할 수 있어요. 신화가 신성성이 기본이
고 전설은 진실성이 기본이라면, 민담은 흥미성이 기본이에요. 재
미를 위해 꾸며 낸 이야기라서 증거물도 없고, 신성하지도 않아요.
민담은 대개 '옛날 옛날에 호랑이가 담배를 피우던 시절에……' 이
렇게 시작하곤 해요. 호랑이가 담배를 피운다는 것은 있을 수 없는

일이지요. 그러니 민담을 말하는 사람도 듣는 사람도 시작부터 진실이 아니라는 생각을 가지고 있어요.

《삼국유사》에 민담은 거의 없어요. 왜 그럴까요? 맞아요! 《삼국유사》가 바로 역사책이기 때문이에요. 신성한 역사, 진실된 역사책에 거짓말과 재미로 된 민담이 들어갈 수는 없을 테니까요.

이처럼 신화와 전설, 민담으로 구분하지만, 정확하게 어디에 속한다고 말하기 힘든 경우도 종종 있어요. 무엇보다 가장 중요한 점은 세 종류의 설화 문학이 우리 문화의 뿌리나 선조들의 지혜, 역사 등을 엿볼 수 있는 소중한 문학이라는 사실이에요.

● 《삼국유사》에는 왜 외국인이 나올까?

삼국 시대에는 외국과의 교류가 빈번했을까요? 지금처럼 교통이 발달하지 않았고 도로가 제대로 닦여 있지 않은 시대였으니, 외국 사람들이 삼국에 오기도 쉽지 않았을 테고, 삼국 사람들이 외국으로 가기도 어려웠을 텐데 말이지요. 그런데 삼국 시대에는 우리가 생각하는 것보다 더 많이 외국과의 교류가 있었다고 해요.

그 당시 가장 많은 교류를 했던 나라는 당연히 중국, 특히 당나라였어요. 그런데 《삼국유사》에는 당나라 말고 전혀 등장할 것 같지 않은 나라 사람들도 나와요. 대표적인 인물이 김수로왕과 결혼한 아유타국 공주입니다.

아유타국은 어디에 있는 나라일까요? 원이름은 아요디아인데, 아유타는 그 발음을 한자로 적은 것이랍니다. 지금의 인도 갠지스 강 근처에 있던 고대 국가인 코살라 왕국의 수도가 바로 아유타였어요. 그러니 김수로왕은 인도 여자와 결혼을 한 셈입니다. 우리나라 최초의 국제결혼이라고 할 수 있지요. (실제로 인도의 아요디아시와 우리나라 김해시는 자매결연을 맺기도 했어요.)

실크 로드*의 도시 중 하나인 중국 둔황의 막고굴* 벽화에도 신라의 흔적이 많이 남아 있어요. 수많은 굴 가운데 61번 굴에는 신라의 탑이 그려진 그림이 있어요. 신라의 탑이 그려졌을 정도면 실크 로드에 신라 사람들이 제법 오갔다는 의미이지요.

▲ 막고굴

이뿐만이 아니에요. 고구려, 백제, 신라 사람들은 당시 조우관이라는 모자를 썼다고 해요. 조우관은 새의 깃털을 모자

* **실크 로드** 비단길. 동서양을 오갔던 상인들의 무역로를 가리키는 말.
* **둔황 막고굴** 세계 최대 석굴 사원으로 둔황 석굴이라고도 한다. 막고굴의 석굴은 약 1천여 개인데, 그중 492개만이 발굴돼 일반에 공개되고 있다.

에 꽂아서 붙은 이름인데, 다른 나라에서는 그런 모자가 없었답니다. 그런데 막고굴에는 이런 조우관을 쓴 사람 그림이 수십 점이나 있어요. 삼국의 사신과 인물들이 실크 로드를 통해 인도나 다른 지역으로 많이 다녔다는 뜻이지요.

이처럼 삼국은 고립된 한반도의 나라들이 아니라 세계와 긴밀히 소통하는 나라였어요. 따라서 가락국의 김수로왕이 아유타국 공주와 결혼한 것도 이상한 일이 아니었을 거예요. 또한 〈처용가〉의 처용이 아랍 상인이라는 설도 충분히 가능한 주장이랍니다.

우리의 고대사는 상상하는 것 이상으로 다른 나라들과의 국제적 교류를 통해 발전되어 왔다는 것을 《삼국유사》를 비롯한 다양한 역사적 기록들을 통해 확인할 수 있어요.

고전으로 토론하기

● 외래어, 어떻게 써야 할까?

생각 주제 열기

요즘은 어느 한 나라가 세계와 고립되어 독자적으로 살아갈 수 없는 시대입니다. 경제나 문화, 사회 등 모든 면에서 다른 나라와 교류하고 소통하면서 발전하는 시대이지요.

언어도 마찬가지로 세계화되어 가고 있는 추세입니다. 외래어가 모국어와 뒤섞여 쓰이는 경우가 많지요. 우리말을 아끼는 것과 신조어나 외래어를 어떻게 받아들일 것인가 하는 것은 학자들뿐만 아니라 모든 사람이 고민해 보아야 할 문제입니다.

지금부터 신조어와 외래어 수용에 대한 두 편의 토론 발표문을 보고, 외래어와 우리말의 관계를 어떻게 설정할 것인지 생각해 보기로 해요.

선생님 자, 여러분. 오늘은 지난 시간에 예고한 대로 민정이와 인성이가 우리말과 외래어 사용에 대한 발표를 하겠습니다. 민정이는 외래어 사용의 문제점에 대해서, 인성이는 외래어 사용의 불가피성에 대해서 발표하기로 했어요. 다들 잘 듣고, 어떤 입장이 자신의 생각과 맞는지, 어떻게 해야 우리말을 제대로 살려 쓸 수 있을지 고민해 보는 시간을 갖도록 해요. 먼저 민정이가 나와서 발표하세요.

민정 안녕하세요. 이민정입니다. 저는 오늘 '외래어와 신조어의 무분별한 사용으로 멍든 우리말'이라는 제목으로 발표를 준비했습니다. 그럼 제가 준비한 발표문을 읽어 볼게요.

<외래어와 신조어의 무분별한 사용으로 멍든 우리말>

올해(2019)는 한글이 반포된 지 573년이 되는 해입니다. 한글은 세종 대왕과 집현전 학자들이 1443년에 완성하여 1446년에 반포했으니 500년도 넘는 오래된 문자입니다.

세계에는 자기 나라 글자가 없어 남의 글자를 빌려다 쓰는 나라들도 많습니다. 그러니 우리 고유의 문자를 가지고 있다는 것은 참으로 자랑스러운 일이라고 할 수 있지 않겠어요?

그런데 요즘 한글이 점점 푸대접을 받고 있는 것 같아 정말 안타깝습니다. 길을 걷다 무심코 간판을 바라본 적이 있으신가요?

저는 얼마 전 명동에 나갔다가 간판을 보고 깜짝 놀랐습니다.

▲ 명동 거리

제 눈이 닿는 데까지 줄지어 늘어선 간판 중에서 우리말로 된 것을 찾기가 하늘의 별 따기만큼이나 어려웠기 때문입니다. 78개의 간판 중에서 우리말로 된 것은 겨우 12개뿐이었습니다. 아예 외국 글자로 쓴 것도 많았고, 한글로 썼지만 외국 말을 그대로 적은 것들이 대부분이었습니다. 저는 우리말이 이렇게 푸대접을 받고 있구나 하는 것을 그날 마음 깊이 느꼈습니다.

우리말이 멍드는 것은 이뿐만이 아닙니다. 우리가 평소에 쓰는 언어에서도 우리말은 상처를 받고 있습니다. 우리는 '럭셔리하다, 츤데레, 백미러, 오버, 기스 나다, 에코 백, 엠티' 같은 말들을 마구 사용하고 있지 않나요? 게다가 요즘은 신조어도 남발하고 있습니다. 다이어리 꾸미기를 다꾸, 버스 카드 충전은 버카충, 생일 축하는 생축, 아이스 바닐라 라떼는 아바라로 만들어 쓰곤 하지

요. 외래어에 줄임 말까지 섞어 새로 만든 이 말들을 우리말이라고 할 수 있을까요?

우리 조상들은 글자가 없을 때도 우리말을 담아내기 위해 한자를 빌려 쓸 정도로 창조적이었습니다. 향가를 표기한 향찰 같은 것이 그 예라고 할 수 있어요. 중국은 외래어를 발음과 뜻이 비슷하게 중국어로 바꾸어 쓴다고 합니다. 콜라는 커러(可樂, 즐겁다), 카이로는 카이루오(開羅) 하는 식으로 발음의 유사성과 뜻 등이 어우러져 자기 나라에 맞는 외래어를 만든다고 하지요.

우리는 우리말과 아무 관계도 없이 그저 외래어를 발음 그대로 표기하고, 그것도 모자라 마구 줄이고 섞어 씀으로써 국적 불명의 언어를 만들어 내는 잘못을 저지르는 경우가 많습니다.

제 나라 말을 잃어버리면 나라를 잃어버린 것과 같다는 말이 있습니다. 일제 강점기 때, 말을 빼앗기지 않기 위해 우리 조상들이 얼마나 길고 힘든 싸움을 벌였는지 잘 알고 있지 않습니까? 외래어와 신조어의 무분별한 사용을 진지하게 반성해 보아야 할 때입니다. 우리말을 사랑하는 것은 우리나라를 사랑하는 일입니다. 고맙습니다.

▲ 일제 강점기 때 우리말을 지키려 한 사람들을 그린 영화 〈말모이〉

선생님 민정이가 우리말의 올바른 사용과 외래어 표기 문제에 대해 잘 얘기해 주었어요. 특히 향가의 향찰 표기를 예로 들고, 다양한 신조어나 무분별하게 사용되는 외래어를 보여 준 점이 돋보이는 발표였어요. 이제 다른 입장에서 준비한 인성이의 발표를 들어 볼까요? 인성이, 나오렴.

인 성 민정이가 발표를 잘해서 제가 좀 주눅이 드네요. 잘못하면 매국노처럼 들릴 것 같은데…….

아 이 들 아니야. 발표고 주장인데 뭐. 괜찮아, 괜찮아.

인 성 저는 발표 제목을 '세계를 향해 열린 언어를 위하여'라고 정해 봤습니다.

아 이 들 우와!

인 성 그럼 발표를 시작하겠습니다.

<세계를 향해 열린 언어를 위하여>

여러분, 요즘 가장 핫한 아이돌이 누구인지 아시지요? 네, 다 아시다시피 BTS, 즉 방탄소년단입니다.

작년에 제가 부모님과 함께 일본 여행을 간 적이 있습니다. 일본에서는 한국어를 쓸 일이 없을 거라 생각했어요.

그런데 기차를 타고 가는 길에 일본인 학생 가방에 붙은 이름표를 보고 깜짝 놀랐어요. 그 이름표에 'BTS 정국'이라고 적혀 있었거든요. 일본에서 가방에 붙은 한글을 보니 괜히 으쓱해졌어요. 아빠가 그 학생에게 한국어를 할 줄 아느냐고 물으니, '조금' 이라고 대답해서 더 놀랐지요. 방탄소년단을 너무 좋아해서 노래 가사를 읽으려고 우리말을 배웠다고 해요.

아빠가 한국 기념품을 주자 그 학생은 내릴 때까지 기념품에 붙은 한글로 된 설명서를 꼼꼼하게 읽고 있었습니다. 그 모습을 보고 제가 괜히 어깨가 으쓱해졌답니다.

다들 방탄소년단의 노래 〈쩔어〉를 잘 알고 있죠? 이제는 세계적인 아이돌이 된 방탄소년단의 이 노래를 가지고 왜 우리말로만 가사를 쓰지 영어를 섞어 썼느냐고 문제를 제기할 수 있을까요? 방탄소년단이 이 노래에 순우리말만 고집했다면 그들은 세계적인 뮤지션이 되지 못했을 수도 있습니다. 방탄소년단 덕분에 한국을 모르고 한글도 모르던 다른 나라 사람들이 우리말로 노래를 하고, 한글을 배운다고 합니다.

저도 우리말을 아끼고 사랑해야 된다는 것을 부정하지는 않습니다. 그러나 그 사랑이 무조건적이고 국수적*인 사랑이라면, 맹목적인 사랑일 수밖에 없습니다. 언어의 순수성만 고집하면, 한글은 세계화하는 요즘의 언어 풍토에서 발전하지 못하고 고립될지도 모릅니다.

언어는 많이 사용하는 것이 기준이 됩니다. 외래어는 외래어로 생각하고 합리적으로 사용하면 문제될 게 없을 거예요. 신조어도 마찬가지입니다. 주로 우리 같은 젊은 층에서 사용하는 경향이 있고, 일시적으로 유행하는 것이 신조어이지요. 수많은 신조어 중에서 많은 사람들의 사랑을 받아 살아남는 것은 극히 일부분이에요. 그 일부분은 장래에는 사전에 오를 수도 있을 거예요.

언어는 고정되고 불변하는 것이 아니라 늘 대중들의 사용에 따라 변하고 발전한다고 볼 수 있습니다. 무분별하게 만들어지는 것 같지만, 그 말의 가치를 발견하고 발전시키는 것은 대중들의 지혜라고 할 수 있지요. 세계화 시대에 맞춰 언어도 세계화해야 합니다. 우리 언어가 고립된 언어가 아니라 세계 속의 중심 언어로 나아가기 위해서는 외래어나 신조어를 보다 열린 자세로 받아들이는 태도가 필요하다고 생각합니다. 지금까지 제 발표를 들어 주셔서 감사합니다.

* **국수적** 자기 나라의 것을 최고로 생각하고 다른 나라나 민족의 것은 배척하는.

선 생 님 인성이, 수고했어요. 인성이의 발표도 정말 좋았어요. 자신의 주장을 BTS 노래와 연결시켜 전개시키는 방법도 높이 살 만하고요. 특히 언어가 고정된 것이 아니라 변하고 발전하는 것이라는 얘기는 우리 모두 귀담아들을 중요한 주장이라고 할 수 있어요. 자, 이제 두 사람의 발표가 끝났습니다. 둘 다 훌륭한 발표였지요? 이제 둘 중에서 어느 하나를 선택해 옹호하는 글이든 반박하는 글이든, 써 보기로 해요. 무엇이 옳고 그르다가 아니라, 우리말을 아끼고 발전시킬 방법을 찾아본다는 측면에서 외래어와 신조어의 문제와 대안까지 적어 보면 좋겠지요? 자, 그럼 다음 시간에 다시 만나요.

고전과 함께 읽기

여기서는 《삼국유사》와 관련해 함께 보면 좋은 책이나 영화 등을 소개합니다. 다양한 작품을 통해 이해의 폭을 넓히고 재미를 느껴 보길 바랍니다.

영화 〈아마데우스〉 음악의 라이벌을 다루다

음악가 모차르트의 전체 이름은 볼프강 아마데우스 모차르트(Wolfgang Amadeus Mozart)예요. 그러니 영화 〈아마데우스〉는 모차르트를 다룬 내용이지요. 그런데 영화를 보면 실제 주인공은 모차르트라기보다는 그의 경쟁자인 안토니오 살리에리(Antonio Salieri)랍니다.

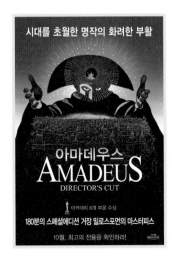

살리에리는 근엄하고 전통적인 궁정 음악가였어요. 그는 평범한 인물이었지요. 상인이었던 그의 아버지는 살리에리가 음악을 공부하는 것을 반대했어요. 살리에리는 아버지가 돌아가시고 나서야 마음껏 음악 공부를 할 수 있었지요. 그런데 불행하게도 살리에리는 천재성을 갖고 태어나지는 못했어요.

모차르트는 살리에리와 정반대의 환경에서 태어났어요. 모차르트의 아버지는 음악가였지요. 그러니 모차르트는 어려서부터 음악에 노출될 수밖에 없는 환경을 가지고 태어난 셈이에요. 아버지는 모차르트를 음악가로 만들려고 집중적인 교육을 시킵니다. 더구나 모차르트는 음악의 천재였지요.

〈아마데우스〉는 이렇게 다른 환경에서 태어나 음악가가 된 두 사람의 질투와 갈등을 그려 내고 있어요. 천재로 태어난 모차르트와 평범한 노력파인 살리에리의 대결이 이 영화를 이끌어 가는 중요한 요소지요.

▲ 실제 모차르트와 살리에리

영화의 첫 장면은 살리에리가 자살을 시도하다 입원을 한 병원에 신부가 찾아오는 것으로 시작돼요. 살리에리는 신부 앞에서 자신이 모차르트를 죽였다고 말합니다. 그리고 영화는 회상을 통해 모차르트와 살리에리의 갈등을 드러내면서 전개되어요.

영화를 보다 보면 평범한 우리들은 모차르트보다는 살리에리에게 더 몰입하게 됩니다. 평범한 사람의 억울함, 분노 같은 것이 더 공감되기 때문이겠지요.

그런데 살리에리는 왜 모차르트를 죽였을까요? 질투 때문이에요. 살리에리가 아무리 노력해서 음악을 만들어도, 모차르트는 별다른 노력도 없이 쉽게 곡을 써내면서도 훨씬 뛰어난 작품을 만들고 사람들의 열광적인 평가까지 얻으니, 열등감에 빠질 수밖에 없었겠지요.

살리에리의 열등감은 단순히 재능이 부족해서일까요? 영화에는 자세히 등장하지 않지만, 그 내면에는 시대의 변화를 읽지 못한 사람과 그것을 재빠르게 읽어 낸 사람의 차이가 있어요.

두 사람이 활동했던 시기는 유럽에서 봉건주의*가 붕괴되고 자본주의*가 싹트던 때예요. 당시 권력의 중심에 있던 봉건주의는 근엄하고 엄숙한 궁정 문화가 중심이었지요. 그러나 자본주의는 자유분방하고 창의적인 문화가 중심이었어요. 모차르트는 생활 자체가 자유로운 사람이었고, 창의적인 작품도 그런 자본주의적인 분위기 속에서 나올 수 있었지요.

반면 살리에리는 궁정의 근엄함을 가장 중요한 삶의 자세로 생각했으니 음악도 엄숙하고 근엄할 수밖에 없었어요. 그러니 대중들은 어떤 음악을 좋아했을까요? 당연히 모차르트의 음악에 열광할 수밖에 없었겠지요. 영화 〈아마데우스〉는 두 사람의 질투를 다루고 있지만, 시대와 역사를 올바로 읽는 것이 얼마나 중요한가를 보여 주기도 해요. (실제로 살리에리가 모차르트를 죽였다는 기록은 없다고 해요. 영화는 영화일 뿐이죠.)

역사상 수많은 라이벌들이 존재했고, 그 라이벌들의 경쟁을 통해 역사는 발전해 온 것이라고 할 수 있어요. 《삼국사기》를 쓴 김부식과 새로운 세력이었던 정지상과 묘청, 그리고 정지상과 묘청 뒤를 이어 《삼국유사》를 지은 일연의 의식을 〈아마데우스〉를 보면서 떠올리게 되지 않나요?

* **봉건주의** 계급이 높은 사람이 권력을 가지고 계급이 낮은 사람을 종속시켜 다스리는 봉건 사회의 지배 이념.
* **자본주의** 이익을 얻기 위해 자유롭게 생산 활동을 하도록 보장하는 사회 경제 체제.

소설 《꿈》 '조신 설화'를 바탕으로 만들다

▲ 이광수

《꿈》은 이광수가 1947년에 발표한 장편 소설이에요. 이광수 (1892~1950)는 잘 알려진 것처럼 우리 현대 문학 초기의 소설가이고 언론인이었지요. 《흙》, 《무정》 등이 대표작이에요.

그는 초기에 독립운동에 나서기도 했어요. 3·1 운동 이전인 1919년 1월 일본에서 조선 청년 독립단에 들어가 활동하면서 2·8 독립 선언서를 작성하였고, 상해 임시 정부에서 발행한 〈독립신문〉의 사장 겸 편집국장을 맡기도 했지요.

하지만 이광수는 1937년 도산 안창호와 함께 감옥에 갇혔다 풀려나면서 일본 제국주의에 충성하기 시작했어요. 문인들의 친일 단체에 앞장섰고, 일본 군대에 위문금과 위문 글 보내기에 앞장서기도 하는 등 적극적인 친일 행위를 했지요. 해방이 될 때까지 그는 글과 연설, 노래 보급을 통해 일본의 세계 전쟁에 조선인이 앞장서 참여할 것을 권고하고 지원하는 적극적인 친일파였답니다.

그래서 해방 후에는 반민족 행위 특별 조사 위원회*에 체포되었으나 병보석*으로 풀려났어요. 그리고 6·25 때 납북되었다가 사

망한 것으로 알려져 있지요.

소설 《꿈》은 《삼국유사》에 등장하는 조신 설화를 바탕으로 쓴 작품이에요.

조신은 세달사에서 태수의 딸인 달례에게 꽃을 꺾어 준 적이 있었어요. 일 년 뒤 조신은 낙산사에서 새벽 예불을 마치고 청소를 하다가 태수 일가가 행차한다는 소식을 듣게 돼요. 그리고 불공을 올리는 과정에서 태수의 딸 달례가 혼인을 한다는 사실을 알게 되지요.

달례를 사모하는 마음이 깊어진 조신은 큰스님을 찾아가 달례와 인연을 맺게 해 달라고 간청을 합니다. 큰스님은 법당에 들어가 부를 때까지 나오지 말고 기도를 하라고 명령을 내려요.

조신은 법당에서 기도를 하다 지쳐 잠이 들고 맙니다. 그런데 문이 열리고 달례가 나타나지요. 달례는 꽃을 받은 이후로 조신을 사모하는 마음이 깊어졌다며 둘이 도망가 살자고 말해요. 조신은 달례와 함께 태백산 깊은 산속에 들어가 숨어 살면서 아들 둘, 딸

* **반민족 행위 특별 조사 위원회** 일제 강점기에 친일파의 반민족 행위를 조사하고 처벌하기 위해 1948년부터 1949년까지 설치했던 특별 위원회.
* **병보석** 아직 재판이 다 끝나지 않아 죄의 유무가 밝혀져 있지 않은 채로 갇혀 있는 사람이 병이 날 경우 그를 풀어 주는 일.

둘을 낳았어요.

그런데 어느 날 낙산사에 함께 있었던 평목이 나타나 조신의 둘째 딸을 아내로 달라고 협박을 합니다. 화가 난 조신은 평목을 목졸라 죽여 동굴에 숨겨 놓아요.

얼마 후 그 마을 태수 일행이 사냥을 왔다가 동굴 속에서 평목의 시체를 발견하고 조신을 살인죄로 잡아 교수형을 내려요. 조신은 목이 졸리면서 살려 달라고 소리를 치다가 누군가 엉덩이를 차는 바람에 꿈에서 깨어납니다. 그제야 욕망이 덧없다는 것을 깨닫고 조신은 수행에 힘써 큰스님이 됩니다.

큰 줄거리를 보면, 《삼국유사》의 조신 설화와 거의 같지요? 소설 《꿈》은 조신 설화를 현대 소설로 재구성한 작품이에요. 아마도 이광수는 일본이 싸움에 져서 항복하고 자신의 친일 행위가 벌을 받을 처지에 놓이자, 자신의 삶이 허망했다는 것을 소설로 드러내려 한 게 아닐까요?

이렇게 설화는 소설로 재창작되는 경우가 많아요. 또 이광수의

▲ 영화 〈꿈〉

《꿈》은 배창호 감독에 의해 1990년에 같은 이름의 영화로 만들어지기도 했어요. 설화가 현대의 다양한 장르의 뿌리라는 것을 보여 주는 예들이지요.

드라마 〈도깨비〉 끊임없이 재창작되는 설화들

〈도깨비〉는 2016년에 16부작으로 방송된 드라마예요. 전체를 다 못 보았어도 한두 회는 대부분 보았을 정도로 시청률이 높았지요. 또 드라마를 보지 못한 사람도 OST인 크러쉬의 〈beautiful〉이나 에일리의 〈첫눈처럼 너에게 가겠다〉는 들어 본 적이 있을 거예요. 그만큼 대중의 사랑을 받은 드라마였지요.

드라마 〈도깨비〉도 그 뿌리에는 설화가 담겨 있어요. 중요 등장 인물인 도깨비, 저승사자, 삼신할머니는 우리의 전래 설화에 등장하는 캐릭터들이지요. 우리 설화에서 도깨비는 무섭고 두려운 존재가 아니에요. 장난꾸러기이고 친근한 존재이지요. 그 캐릭터가 드라마 〈도깨비〉의 공유가 연기한 김신이라는 인

물로 재창작된 것이라고 할 수 있어요. 또한 저승길을 안내해 주는 저승사자, 아이를 점지* 해 주는 삼신할머니도 드라마에서 과거와 현재, 시간과 공간을 넘나드는 새로운 캐릭터로 창작되었지요. 저승사자는 영화 〈신과 함께〉에도 등장하며 새로운 모습을 보여 주고 있어요.

〈신과 함께〉에는 이승과 저승의 이야기가 섞여 나와요. 이 영화는 우리의 무속 신앙* 이야기에 바탕을 두고 있어요. 등장하는 신들도 다 무속 신앙과 연관되어 있지요. 무속 신앙 중에서도 특히 제주도의 '저승사자 신화'에 뿌리를 두고 있어요. 이 신화는 '차사 본풀이'라고 부르는데, 인간 세상의 강림이라는 도령이 염라대왕의 차사가 된 과정을 그리고 있답니다.

설화가 영화로 만들어지는 것은 우리나라만이 아니에요. 〈뮬란〉이라는 애니메이션을 한번 볼까요? 〈뮬란〉은 중국 남북조 시대

---

* **점지** 신이 사람에게 자식을 갖게 해 줌.
* **무속 신앙** 민간 신앙의 하나. 다양하고 수많은 신들과 인간, 그리고 이 둘을 연결시켜 주는 무당에 의해 인간의 불행을 점치고 예방하며, 불행이 닥쳤을 때 신을 위로하고 달래서 불행이 물러가도록 한다.

▲ 중국의 여자 영웅 화목란

의 여자 영웅 목란(木蘭)의 설화를 디즈니가 애니메이션으로 만들어 세계적인 인기를 끌었던 작품이에요. 아버지를 대신해 남장을 한 채 전쟁터에 나간 목란 이야기를 재구성한 거지요. ('뮬란'은 목란의 중국어 발음 '무란'을 잘못 옮긴 것이라고 해요.)

설화는 영화나 소설, 애니메이션, 게임, 광고, 노래, 미술 등 다양한 산업의 뿌리로 자리 잡아 가고 있어요. 조금만 주의 깊게 살펴보면 설화를 뿌리로 해서 피어난 다양한 재창작물이 넘쳐 난다는 것을 알 수 있지요. 어떤 것들이 있고, 그것이 어떻게 재창작되고 유통되는지 찾아보는 것도 우리 문화의 뿌리를 알아보는 재미있는 공부가 될 거예요.

물음표로 따라가는 인문고전 17

삼국유사 역사를 배워서 어디에 쓸까?

ⓒ 최성수 이용규, 2019

1판 1쇄 인쇄일 2019년 9월 20일 | **1판 1쇄 발행일** 2019년 9월 30일

글 최성수 | **그림** 이용규
펴낸이 권준구 | **펴낸곳** (주)지학사
본부장 황홍규 | **편집장** 박미영 | **팀장** 김은영 | **편집** 문지연 김솔지
디자인 디자인앨리스 | **제작** 김현정 이진형 강석준 | **마케팅** 송성만 손정빈 윤술옥 이승혜
등록 2010년 1월 29일(제313-2010-24호) | **주소** 서울시 마포구 신촌로6길 5
전화 02.330.5297 | **팩스** 02.3141.4488 | **이메일** arbolbooks@naver.com
ISBN 979-11-6204-067-6 44810
ISBN 979-11-85786-85-8 44810 (세트)
잘못된 책은 구입하신 곳에서 바꿔 드립니다.

이 도서의 국립중앙도서관 출판예정도서목록(CIP)은 서지정보유통지원시스템 홈페이지(http://seoji.nl.go.kr)와
국가자료종합목록 구축시스템(http://kolis-net.nl.go.kr)에서 이용하실 수 있습니다. (CIP제어번호: CIP2019036595)

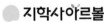 아르볼은 '나무'를 뜻하는 스페인어. 어린이들의 마음에
담긴 씨앗을 알찬 열매로 맺게 하는 나무가 되겠습니다.

홈페이지 www.jihak.co.kr/arb/book | **포스트** post.naver.com/arbolbooks